この恋は
元カノの提供で
お送りします。
This love is brought to you by Ex-girlfriend.

──あれか！

大当たりだ。

柱巻の広告にもたれている、黒髪の女性。

顔こそよく見えないが、あのシルエットは俺の琴線に触れている予感がビンビンする。

スマホを片手に佇んでいるだけで、何人かの男はチラリチラリと視線を投げてい

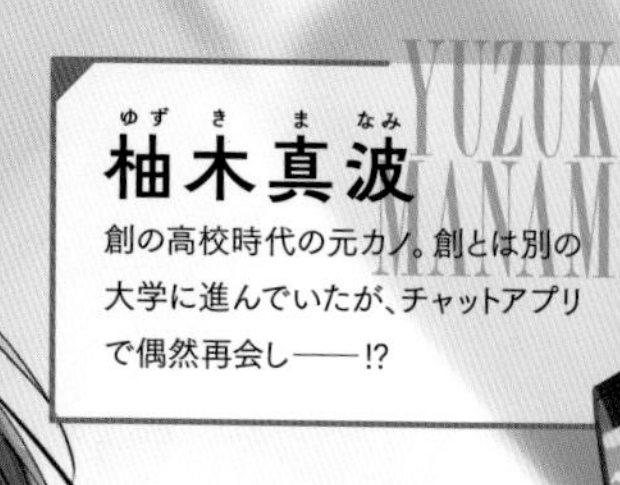

ることから、恐らく俺のセンサーは間違っていない。

気が早いかもしれないが、この胸の高鳴りは本物だ。チャットアプリ、やってよかった。

「お待たせ！」

俺の声にMさんは顔を上げた。

吸い込まれるような大きな瞳と、ぱっちり目が合う。


「あっ、こんにちー――は!?」

「だってさー、友達の方が
上手くいく仲ってあるじゃん。
私とガッサーはまさにそれだよ」
SHICHINO
YUUKA
七野優花（しちのゆうか）
創の片想いの相手にして、高校
からの友達。過去に一度、創の告
白を振ったことがある。

「付き合っちゃえだって。
皆んな勝手だね？」
みやしたりな
宮下梨奈
大学四年生で、創の所属するアウトドア
サークル『オーシャン』の先輩。創との交
流が就活疲れの癒やしになっている。

「――なんだ、私に興味ないや
つもいるじゃないっ」
「え？」
思わず訊き返したのは、聞
こえなかったからじゃない。
今まで見かけたどの表情よ
りも満面の笑みだったからだ。
「見つけた見つけた」
「な、何言ってんだよ。頭おかし
いんじゃねえの」
つい思ったことを口に出す。
だが柚木は怒るどころか、
嬉しそうに口角を上げる。

「衣笠、
今から私の偽彼氏！」

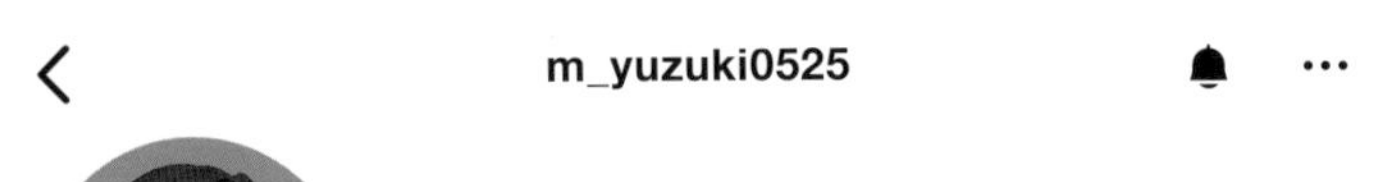

4
投稿

514
フォロワー

520
フォロー中

柚木真波

20歳　5/25
▷cafe
▷baking
▷accessory
▷cosmetic
備忘録。お友達のみ！

フォロー中

メッセージ

m_yuzuki0525　相変わらずでした

#久しぶりの再会
#まさかの
#料理は美味しかった
#返さなきゃね
#備忘録

この恋は元カノの提供でお送りします。

御宮ゆう

角川スニーカー文庫

23168

この恋は元カノの提供でお送りします。

提供

元カノ

This love is brought to you
by Ex-girlfriend.

design work:中村晋弥(LUCK'A Inc.) illustration:Re岳

プロローグ

元カノ柚木真波(ゆずきまなみ)は際立つ〝個〟だった。


教室という場所はかなり特殊な環境だ。

同い年の数十人が同じ空間に、丸一年も閉じ込められる。

あれが何度も繰り返されるなんて、学生時代以外にありえない。

そして小学校から高校を卒業するまでの歳月で生徒は学ぶ。

どんな環境下でも集団の意思が尊重され、定められた枠から脱しようとする〝個〟は大抵歓迎されない。

しかし際立つ〝個〟になれば、集団の意思も容易(たやす)くひっくり返してしまえるのだと。

元カノ、柚木真波はそんな存在だった。

美人でノリも良く、クラスの中心人物。

その彼女と俺が付き合った期間は周囲から『奇跡』と評された。

だが、結局別れた。

理由はたった一つ。

——恋人関係そのものが偽物だったから。

互いに好き合っていないのだから、必要無くなれば終わるのが至極当然の帰結。

別れてから一切言葉を交わさなくなったのもそのためだ。

高校を卒業し、大学も別々。

次に会うのはいつか開かれるであろう同窓会だと思っていた。

本気で、そう思っていたのだ。

☑第1話　元カノ、再会！

大学生二年生、夏。

今後始まる就活がだるい。単位も全く足りていない。

やばいなぁという漠然とした焦燥感はあるが、この暑さで勉強なんてする気になれない。

つまらない人生になりそうな予感と、何となく大逆転が起きそうな根拠のない希望がせめぎ合い、汗と一緒に流れ落ちる。

高校受験だって大学受験だって、その先に明るい未来を想像できたから頑張れた。

でも就活なんて内定を貰って（もら）も、俺を待つのは労働だ。

理性は生きるためには当然だと言っているが、本能がそれを拒否している。

しかしそんな逃げ出したい環境を一変させる方法を、俺は一つだけ思い付いていた。

『やばい、出る場所間違えた！　東口改札前まであと数分掛かるかも！』

メッセージを送信してから、東口改札前へと駆ける。

ごった返す人混みを縫うように走り、最短距離で進む。

俺、衣笠創(きぬがさはじめ)は焦っていた。

約束の時間まであと二分。

間違えて出た改札は南口で、普通に歩けば五分ほど要する距離だ。

しかし今日だけは絶対に遅れるわけにはいかない。

——なにせ今から会う人は、初対面の女の子なのだから。

初めて使ったチャットアプリで、初めて出会う女の子。

そう、俺は今から彼女を作る。

彼女を作ればそれを励みになんだって頑張れるはずだ。

見知らぬ人とチャットできるアプリをインストールしてから一ヶ月。

元を辿(たど)れば全く違う理由で始めたアプリだが、一人だけやたらと仲良くなった女の子がいた。

話は実に盛り上がって、遂(つい)に会ってみることになったのだ。

約束の時間は十七時。

時計の秒針があと一周回れば、その時間になる。

「くそ、なんだって今日に限って出る場所間違えんだよ俺！」

自分の迂闊さを呪いながら駆けていると、ポケットのスマホがブルッと震えた。

急いで確認すると、会う予定のMさんからだ。

『急がなくていいよ、私も今着いたばかりだし！』

この類の言葉は本来なら男が掛けるものなのに、情けない。

優しさが心に沁みるがそれに甘えてはいけない。

『いや、もう着く！　今どんな格好してる？』

東口改札前に近付いたところで、俺はそうメッセージを送った。

顔写真も交換していないので、まずは服の特徴を訊くしかない。息切れしているのを何とか整えて、俺は辺りに視線を巡らす。

『黒のノースリーブに、ブラウンのスカート！』

——あれか！

大当たりだ。

柱巻の広告にもたれている、黒髪の女性。

顔こそよく見えないが、あのシルエットは俺の琴線に触れている予感がビンビンする。

スマホを片手に佇んでいるだけで、何人かの男がチラリチラリと視線を投げていることから、恐らく俺のセンサーは間違っていない。

気が早いかもしれないが、この胸の高鳴りは本物だ。

チャットアプリ、やってよかった。

「お待たせ！」

俺の声にMさんは顔を上げた。

吸い込まれるような大きな瞳と、ぱっちり目が合う。

「あっ、こんにち——は⁉」

途中でMさんが仰け反った。

俺も、大きく仰け反った。

視線の先にはMさん。Mさんだったはずの人間体。

俺の脳裏に昨日友人から受けた忠告が過った。

——ネットの人と会うときは、最低限顔写真くらい交換しておいたら？　だって、昔の知り合いかもしれないし。

……でも、だからって。

「元カノ来るとは思わないだろぉぉおお⁉」

「こっちのセリフよ、アンタだったの⁉」

こうして俺は、チャットアプリで元カノと再会した。

都会に似合わない蟬の鳴き声が、俺たちの再会を笑っているようだった。

「は、恥ずかしすぎる……私変なこと言ってないわよね……？　いや、大丈夫。健全な雑談しかしてなかったハズ……」

柚木真波。

高校二年生から一年間ほど付き合っていた、今目の前で頭を抱えている元カノだ。

ちなみに、面と向かって喋るのは実に二年ぶりである。

「え、お前他の人には変なこと言ってんの？　引くわ、引くわぁ」

「はっ、いや、違うから。別にあのアプリでメッセージ続いてた人なんて、他に全然全くいないから」

真波はそう弁解した後、持っていたストローを俺の胸にブスリと突き刺した。

「あんたこそ、一回変な雰囲気にしようとしたこと覚えてるからね。遠回しに経験人数訊いてきた時だけ、メッセージブチるか迷ったっての」

「そんなつもりなかった、やめてくれ！　まじでこの件はお互いに忘れよう」

「そうね、それで手を打ちましょう」

真波は息を吐いて、席に着く。

本来なら今日は晩御飯を共にする予定だったのだが、今は眼前にあったカフェで落ち着いている。

再会して早々に飲みに行けるようなテンションではない。

「……つーかさ、ラインブロックしただろ」

「え、してたっけ」

「してるよ、高三の時にな。卒業式の後に送ったライン一向に返ってこないから気付いた」

「いつの話持ち出してきてんのよ、小さい男ね」

「違うって、俺はあの時――」

「はいはい、どうどう」

そう言って真波は俺の言葉を遮る。

俺が押し黙ると真波はカフェラテを飲み干し、店員に向かって手を上げた。

俺のカップには、まだ少しコーヒーが残っている。

つまりは、そういうことだろう。

チャットアプリで出会うというとんでもない偶然が起きない限り、俺たちが二人きりで再会するという事態は起こり得なかった。

お互い、そんなつもりで今日此処(ここ)へ来ていない。

だとすれば、ここで解散するのは至って自然な流れといえる。

「ここの代金は俺が持つよ」

　せめてもの見栄で、俺は自分の財布を鞄から取り出した。

　バイト代で買った新品の財布だ。

　カフェの代金なんて大した値段ではないかもしれないが、割り勘より印象は良いだろう。

　だが、真波はあからさまに顔を顰めた。

「何言ってんの？」

　俺は目を瞬かせた。

　ひょっとしてこの会っていない期間のうちに、男から奢られることへ否定的な考えを持ったのだろうか。

　だが、その後に続いた真波の言葉は予想外のものだった。

「アンタも来るのよ。私、今日美味しいもの食べるつもりでね、この一週間ずっとずーーっと食べたい物を我慢してたの。その対価がこれ？　カフェラテ？　いや、信じらんない。無理無理、行くわよ」

「……ダイエットで脳まで痩せ、ブッ!?」

　最後まで言い切る前に、真波の鞄にぶん殴られる。

　いらないことを言おうとした俺にも非はあるが、倍返しどころの話じゃない。

　ジンジンと痛む頬を押さえているうちに、店員さんがやってきた。

「お会計纏めて、カードで」

男がデートで言うとカッコいいランキング№1の、憧れの台詞(せりふ)。

だが皮肉にも、その言葉を発したのは俺ではない。

顔を上げると、真波が俺を見下ろしながら口を開く。

「次はアンタが奢る番ね」

「絶対そっちの方が高くつくよな、そんなこったろうと思ったよ！」

有無を言わせない口調に抗議の意味も含めて喚(わめ)いたが、真波は意に介さない面持ちで腰を上げた。

「うっさい。周りに迷惑でしょ」

最後にそんなド正論を置いて、真波は先に店を後にする。

俺は慌てて周囲に頭を下げながら、恨めしげに思った。

無理やり誘われても断れなかったのは、もしかすると心のどこかでこの再会を——

いや、違う。

鼻を鳴らして、真波の後について行く。

退店を知らせるチャイムの音が、俺の背中を追い掛けた。

「ねえ、お目当てのお店まだなの？　何分歩かせるのよ」

不機嫌な声色を隠そうともせず、真波は俺に苦情を言った。

カフェを出てから三十分ほど経った。最初の十分ほどは街中の景色を眺めながら世間話をして歩いていたのだが、もう会話はしていない。

「もうすぐだっての」

そうは言いながら俺も内心焦っていた。

Mさんこと真波は、メッセージで『肉料理を食べられるお店に行きたいかも』と言っていた。

そういうことなら、と意気揚々と事前にネットで調べて、該当のお店は確かこの辺りのはずだった。しかし一向に見つけられない。

そればかりか歩を進めるにつれて明らかに飲食店の数は減ってきている。

「ほんとにこの辺りなの？」

「そうだって」

訝しんでくる真波を軽くあしらう。

次にお洒落な外装のお店を見つけたら、そこに入店することにした。

本当なら事前に調べていた場所での食事が良かったのだが、目当ての店を見つけられないと思われるよりはマシだ。

男として、そして元彼として……偽物の元恋人として。

久しぶりに再会した元カノに、少しは見栄を張っておきたい。

そんなことを考えていると、不意に真波が数十メートル先の立て看板を指差した。

「ねえ、あそこは？　良さそうじゃない？」

「ん？」

近付いてみると、立て看板にはポップな文字で様々なメニューが手書きで記されている。

ドリンクは一杯四百円からのようで、丁度良い価格帯だ。

店の外装こそ地味なものだが、店は地下にあるらしいので重要な問題じゃない。

なにより真波自身の選択というのは僥倖だった。

これで俺も余計な見栄を張らなくても済みそうだ。

「良いね。入るか」

俺がそう答えると、真波は目を瞬かせた。

「随分あっさりなのね。事前に色々調べてくれてたんじゃないの？」

「まあな。でも、一番大事なのは当人たちが楽しめるかどうかだろ」

丁度道に迷っていたから助かった、とは言えないのでもっともらしい返事をする。

だが、真波の反応は上々のようだ。

「そう。良いこと言うわね、ここまで歩かされた分はチャラにしてあげようかしら」

「そりゃどーも」

そう答えて、俺は地下へと降りていく。

重厚な扉を開けると、閉塞感のあるこぢんまりとした個室たちが廊下の先に視認できた。ポップな立ち看板から彷彿させる雰囲気とは、些か違った印象を受ける。

「いらっしゃいませ」

三十代半ばであろうマスターが、口角を小さく上げてから頭を下げた。慇懃な礼に、思わず背筋が伸びる。

「お、大人二人で」

俺が指を二本立てると、真波が呆れ声で「〝大人〟ってフレーズいる？」と呟いた。

こちとら慣れてないんだよ、と思いつつ聞こえないフリをする。

何を言っても墓穴を掘るような気がしたからだ。

「かしこまりました」

マスターは再び控えめに頭を下げて、俺たち二人を最奥にある個室へと導いてくれる。

その際、廊下から何室かの個室が視界に入ったが、まだ客は一人も入っていないようだ。

比較的小さなテーブルを挟んで、ソファが二つ設置されている。

随分と変わった形態だなという感想を抱いたが、それを言ってしまうと事前に調べていないことがバレてしまうので、胸の内にしまっておいた。

マスターがいなくなり二人きりになると、ようやく真波は口を開いた。

「あんまりお客さん入ってないね」

「まだ十八時にもなってないしな。この時間から飲む社会人は殆どいないだろ」

「……それもそうね」

真波は納得したようで、傍にあったメニュー表を開く。

「美味しそう。値段も良心的」

「おお、俺にも見せて」

真波は俺の言葉を聞き、テーブルの真ん中にメニュー表を広げてくれる。

どうやらローストビーフなどが得意なお店のようで、写真はないが文字からだけでも心が躍るようなラインナップだ。

「いいじゃんいいじゃん」

真波は先程よりも明らかに上機嫌になってマスターを呼ぶ。

そしてフードメニューを一通り頼み、気付いたように俺へ声を掛けた。

「ドリンク何がいい？」

「とりあえず生で」

「じゃ、私はシャンディガフ」

注文は直接マスターに申し付ける形式のようで、逐一呼ばなければいけないらしい。

こうした洒落た店に慣れている訳ではないので不便に感じなくもないが、此処は落ち着いて対応することに徹しよう。

ドリンクはすぐに届いて、真波はグラスをこちらへ僅かに傾ける。

「ほら、乾杯」

「おす」

グラスがカチャンと音を鳴らし、俺は生ビールで喉を潤した。

ビールを飲み始めた当初は苦味ばかりで我慢の連続だったが、最近は多少慣れてきた。

先輩が喉で飲むんだと言っていたが、その意味が分かってきた気がする。それでもまだ美味しくは飲めていない。

「アンタ、ビール飲めるんだ」

「まあな、うん」

俺が頷くと、真波はクスリと笑った後、大きく溜息を吐いた。

「あーあ、私も忙しいのに。まさかアンタと二人で飲むことになるとはね」

「こっちの台詞だっつの。俺のMさん返せよまじで」

「Mさんは私よ。アンタこそ私のKくん返しなさいよ」

「Kくんは──」

「ああ、やっぱいらない。中身がアンタだと思うと頭くらくらしてきた」

「くそ失礼だなお前は！」

俺が噛み付くと、真波はこともなげに肩を竦める。

付き合っていた際はもう少し俺を立ててくれていた。

クラスの中心人物で、学校の有名人。

交際期間に入って間もない頃、明らかに釣り合っていないと囁かれているのを何度も耳にした。

そういう類の話を次第に聞かなくなったのは、真波が俺のことを良いように周りへ伝えてくれていたからだ。

柚木真波は衣笠のこういう部分が好きらしい。

なるほど確かに、言われてみればそうした一面もあるかもな——といった具合に、俺自身は何もしていないにも拘らず評判だけは時間とともに高まっていった。

自己顕示欲は人並みにあるのに目立つ存在にはなれていなかった俺へ、急に学校一眩しいスポットライトが当たったのは記憶に深く刻まれている。

高校二年生という若かりし頃の俺が痛い勘違いをしなかったのは、あくまで偽の関係だと自覚していたから。

しかしラインもブロックされていたことから、俺たちの関係は終わり良ければ全て良しとは言い難い。

あの時の俺たちは若かったから、仕方ない部分もあるけれど。

「あーあ。中身がアンタって思うと、言葉の節々にほんとキツいものがあるわ。まあ私も大概かもしれないけど」

「そうだよお前も恋愛観だったりとか訊いてもないのにツラツラと――」

「遠回しに経験人数訊いてくるよりマシよ！」

「ちが、別に訊いたわけじゃねえよ！　何人付き合ったことあるのって、それだけだろ！」

「それが遠回しって言ってんのよ、この歳でその質問はそういう意味でしょうが！」

真波はこちらに乗り出そうとしたが、何とか踏み止まった様子で顎を上げた。

「でも良かったわね？　意外と高校時代から変わってなくて、安心したでしょ」

「寝言は寝て言え。Mさんがお前だと分かった以上、経験人数なんてもうどうでもいい」

「ほら、やっぱり訊こうとしてたんじゃない」

口元を緩めて笑う真波に反論しようとすると、個室の戸がガラリと開いた。

マスターが大皿に載っているローストビーフ、ポテトサラダ、真鯛のカルパッチョ、シーザーサラダを次々に並べていく。

憎まれ口を叩き合うのも結構だがこの食べ物を前にしてまで続けるものではないだろう。

真波も俺の考えと同じ意見のようで「不毛な言い合いはこれで手打ちにしましょ」とグラスを差し出した。

俺も快く、乾杯にグラスを鳴らして応える。

「あんまりこういうの、音立てちゃいけないんだってね」

「らしいな。まあ、個室だしいいだろ」

「そうそう、美味しければいいの。はあ〜ダイエット頑張って良かった！　心置きなく食べられる！」

真波はそう言って大きな瞳を輝かせる。

瑞々しい白い肌に筋の通った鼻、吸い込まれるような淡い色の瞳は曲線を描く長い睫毛にこれでもかと強調されている。

薄着のため身体のラインが嫌でも見えてしまうが、高校時代のそれより磨きがかかっているのは明らかだ。

精巧な容姿は上品と艶美な雰囲気を併せ持ち、周りの男子が振り向いていたのも当然だろう。

改めて眺めると、付き合っていたこと自体が奇跡と揶揄されていたのも当然だったように思えた。

まあ、考えても仕方ない話だな。

俺は後頭部をガシガシと掻いてから、ローストビーフを口に運ぶ。

レアすぎない、程よい柔らかさに舌鼓をうっていると、真波が訊いてきた。

「どう？」

「……いける。美味いぞ」

「ふふ、そう。楽しみ」

真波はシーザーサラダを自分の小皿によそって、俺にトングを渡してくれた。


「四万円になります」

「ほえ？」

思わず素っ頓狂な声が出た。

入店してから、およそ二時間。

何杯かカクテルを嗜んだ後の個室の隅で、俺の身体は固まった。

「お会計、四万円です」

マスターが妙に優しい表情を浮かべながら、伝票板をトントンと叩く。

もう一度言われたお会計額に、俺は思わず訊き返した。

「え、ほんと。……いやいや、まじ？」

困惑して、真波と顔を見合わせる。

俺たち二人で飲んだドリンクはせいぜい四、五杯といったところ。フードメニューは全て合わせても五千円程度なことは、メニュー表にしっかり明記されていた。

ということは残りの三万五千円がドリンク代という訳だが、一杯あたり七千円のドリンクを飲んだつもりなんて毛頭ない。

「あの、値段合ってますか？　私たちそんなに飲んでないんですけど……お会計間違ってると思いますよ」

真波がマスターに訊く。

「ドリンク代は時価ですから、これで合ってますよ。もしかして足りないんですか？」

「ドリンクが時価……？　それならせめて、メニュー表に時価って明記しておくべきですよね。ていうか立て看板にはドリンク四百円からって――」

真波の言葉で、優しい表情を浮かべていたマスターの表情が急変した。皺の一本一本から、危険な香りが漂ってくる。

「で、払うの？　払えないの？」

――あ、やられた。

俺はその態度を目の当たりにした瞬間、悟った。

昨今問題になっている、ぼったくり店。まさに俺たちはその話題の場所に潜り込んでしまったのだ。

　人通りの少なくなってきたタイミングで現れる、ポップな立て看板。俺たちはまんまと網に掛かってしまったという訳だ。

「払わないって言ったらどうなりますか？」

　俺が訊くと、マスターは口角を上げた。

「そう言われても、払ってもらうよ」

「えー……」

　ここから逃げ出そうにも階段は一つしかなく、暗く狭い。

　真波と一緒に逃げることは、まずできないだろう。

　チラリと真波を確認すると、彼女はマスターを睥睨（へいげい）している。

　ここがぼったくり店だということを察したらしいが、あくまで抗議の姿勢を崩すつもりはないらしい。

　入り口付近の席にはいつのまにか男性二人組が向かい合わせで座っており、明らかにこちらを見張っている。

　それを見て、俺は観念した。

　残念ながら、痛いのは嫌いだ。

　ましてやこんな閉鎖的な場所で大の男を二人も相手にするなんて考えるだけでも恐ろし

い。

真波と一緒に退散するために、何が必要なのかは明白だ。

幸い、財布には四万円と少しが入っている。

「払いますよ」

四万円を財布から出すと、テーブルの上に勢いよく置いた。

「文句ないですね？」

「はい、ありがとうございます」

マスターは再度優しげな表情を浮かべて、出口への通路から身を引いた。

「行こうぜ」

真波に声をかけて、ぼったくり店を後にする。

階段を上りながら、俺は当分酒を飲まないことを誓った。

「なにお金なんて払ってんのよ！」

「え⁉　俺怒られんの⁉」

てっきり感謝されると思っていた俺は仰天した。

ぼったくり店を後にした俺たちは、人通りが多くなってきた路地で駅に向かっている。

隣で歩く真波は、眉根を顰めて俺を一瞥した。

「私、ああいう店には一銭も払いたくなかった。大事なお金を、なんであんな店に」

「そうはいっても、あそこから無傷で出るには払うしかなかっただろ。お前だって俺が会計済ませた後大人しくついてきたし」

「だから感謝してるわよ！」

「とてもそうは見えませんが⁉」

不機嫌が表情の節々から放たれている。

整っている顔立ちと相まって、真波に免疫のない男ならアタフタとして、更に怒らせてしまうに違いない。

「とにかくごめん、私のせいで」

「いいよ、まだ良心的なぼったくりで助かったし」

〝良心的なぼったくり〟なんて一行で矛盾している気がするが、それも今は考えないことにする。

横で怒りを抑えきれない様子の真波を、少しでも宥めるためだ。

そもそも俺が迷わず事前に調べていたお店へ辿り着けていたならぼったくり店に入らずに済んでいた。

そんな状況で、財布が軽くなったことを彼女のせいにする気にはなれない。

「あー！　もう腹立つ！」

真波が立ち止まって、空に向かって怒りの声を上げた。そして道行く人たちの視線を気にした様子もなく、鞄から財布を取り出した。

朱色の財布は真波の服装によく映えている。

そんな感想に現実逃避していると、真波の動きが固まった。

「どうした？」

「…………い」

「え？」

「……足りない。お会計、割り勘で二万円は必要よね。いや、あの店選んだのは私だし、本来なら――」

「じゃあ、ある分だけでいいよ」

俺の言葉に真波は食い下がる様子を見せた。

過剰な代金を支払わされたのは自分の責任だと感じているからだろう。

俺は小さく息を吐いて、決心した。

「俺だって納得してあの店に入ったし……ぶっちゃけ、道に迷ってたんだ。ちゃんとお前をリードできてたら、ぼったくられずに済んだ。だからまあ、俺のせいなんだよ」

このことをカミングアウトしてしまうかは迷ったが、真波の罪悪感が無くなるのなら背に腹はかえられない。

男の見栄も俺にとっては大事なことだが、それもこういった状況で貫き通すほどではない。

叱責されるだろうな、と気が重くなる。

俺が道に迷っていることが分かれば、真波は早々に足を止めてスマホで店選びをしていたに違いない。にも拘らず散々歩かせていた時に何度も嘘を繰り返して、真波をついて来させていたのは俺なのだから、叱責は甘んじて受け入れなければならない。

だが俺の予想とは裏腹に、真波は目をパチクリとさせてから、柔らかい表情を浮かべた。

「……変わらないわね」

——不意の微笑み。

その表情は、俺の懐かしい記憶を刺激する。

驚いたが、次の瞬間には不機嫌そうな声で告げられる。

「そういうことなら、今日の分は纏めて振り込んどくから。口座番号教えて」

「口座番号ね、了解」

友達なら、次会った時に。

彼女なら、見栄を張って断るだろう。

だが俺たち二人はそのどちらの関係でもなく、過去に別れた元恋人。友達に戻ることもなく、喋らなくなってから二年の月日が経過している、疎遠な関係。

だとすれば、口座への振り込みが妥当な手段といえる。

俺は口座番号を口頭で伝えて、その後駅まで二人で歩く。

口内から漂う仄かな酒の香りが、今はとても心地いい。

「ぼったくりかもしれないけど、味はそこそこ良かったわね」

「俺もそう思ってた」

最後にそう笑って、真波は俺に向けて軽く手を挙げた。

「じゃあね。元気そうでよかったわ」

「そっちも。今日のことは、お互い内緒で」

またね、とは言わない。

別れてからの二年間で、俺たちを取り巻く環境はそれぞれ大きく変わっている。

ＳＮＳも繋がっていない俺たちは、次会うとしたら同窓会になるだろう。

社会人になってから開かれる同窓会。

次は見栄ではなく、本当に大きな人間になって再会したい。

俺は密かにそう思いながら手を一度だけ振り、真波と別れた。

「こりゃ、明日から節約生活だな」

切符を購入してから一人で呟いた。

口座番号は、全くのデタラメだ。
桁も一つ多く伝えたので、間違って誰かに振り込まれることもない。
……これを最後の見栄にしたいな。
そう思いながら、俺は駅の構内へと歩いて行く。
いつもはうざったい人混みも、今は不思議と心地良く感じた。

第2話　偽カノ

「えっ、ほんとなのそれ」

事の顚末を話すと、七野優花は目を丸くした。

真波との再会を果たした次の日。

次の講義が始まるまでの空き時間、俺は大学内の食堂で一息ついていた。

時刻が十五時台というのもあって、この場にいる学生は軽食をとりながら友達とダラダラ話したいという類が多い。

俺も一時間後に始まる講義までの時間を潰すために七野と休んでいたのだが、どうやら昨日の話をしたのは間違いだったようだ。

真顔を保って数秒経つと、次第に表情が崩れてきている。

「まさかお前、今笑おうとしてる？」

「ふひっ、ごめん。いや、ほんとごめんね？」

そう返事をした七野は再度真面目な顔を取り繕う。

だがすぐに堪(こら)え切れないとばかりに訊(き)いてきた。

「やっぱりダメだ、笑っていい？　宣誓、私笑います」

「く、くそったれ……」

両手に顔を埋(うず)めてくぐもった笑い声を出す七野に、思わず頭を抱えた。

確かに友達がこんな状態になるなんて、聞いてる分には面白いに決まってる。しかしそれも当人となれば話は別だ。

「食事に四万とかどこの富豪……見栄の範疇(はんちゅう)超えてるって。財布に現金残ってるの？」

「そんなものは無い」

俺はすっからかんになった財布を七野の正面でガサガサ揺らす。

落ちてきたのはレシートが数枚のみ。先程食券を購入したのが財布に残った最後のお札だった。小銭しか残っていない財布が許されるのは高校生までだ。

「ありゃ、哀愁漂ってるね」

「もうやだ消えたい」

四万円で買えるものが頭の中をぐるぐる回る。

学生の身で一人暮らしをしている俺には、四万円という額は本当に大金だ。

家賃半月分。食費一ヶ月分。携帯代四ヶ月分。ゲーム機本体。鬼滅〇刃を全巻四冊ずつ揃(そろ)えられる。

「くそぉぉぉぉ!!」

「いひっひ、やめてぇお腹痛い！」

七野は口元に運ぼうとしたお箸を皿に戻して、また笑い始めた。

その笑い声に周りの学生たちがチラチラとこちらに視線を向ける。

正確には一学生の笑い声に反応したのではない。

七野優花の笑い声に反応したのだ。

学内で名が知れている程度に彼女は有名人だ。

理由は単純に顔が可愛いから。

くりんくりんの大きな瞳に、丸く纏まった鼻。緩く巻いたセミロングの茶髪は、彼女のほんわかした雰囲気を助長している。

学生に限らず社会人だって顔が良ければ認知度は上がる。

きっと世の中そんなものだ。

「なに、まじまじと見ちゃって」

七野は小首を傾げてこちらを窺う。

ぶっちゃけ、友達ながらめちゃくちゃ可愛いと思う。

七野と仲が良いのは周りからもよく羨ましがられる。

だが付き合えるかと問われたら話は別だ。

「四万円かぁ。それがあったら私とデート五、六回はいけたよね。残念残念」

「七野さぁ。それ俺の前で言うのがどんだけ残酷か分かってんのかよ」

「ん、全然分かんない」

「……記憶違いだったらあれだけど、あなた高校時代俺をこっぴどく振りませんでした？」

七野は大きな目をパチクリとさせた後、迷うことなく頷いた。

「うん、振った振った。もうバチくそ振ったね」

「それ知ってて今のセリフって頭おかしくない⁉」

七野はすぐこういう言葉を吐く。

高校時代の俺はこれが冗談の類だと最後まで気付けなかった。

本気も本気で、付き合える可能性もあると思っていたのだ。

ちなみに振られ文句は「やだ！」というありきたりな短いものだった。ありきたりなのか？

いずれにせよ当時は、振られてしまったことでその先の関係性を憂えた。友達どころか今後喋ることすら叶わないのだろうと踏んでいたが、予想に反して二人で講義までの時間を潰せる仲になっている。

高校から同じ大学へ進学したのが要因として大きいだろう。

実際振られてから卒業まではロクに話せなかった。

今の仲に落ち着いたのは俺が何とか吹っ切れてからだ。

「だってさー、友達の方が上手くいく仲ってあるじゃん。私とガッサーはまさにそれだよ」

「じゃあせめてさっきみたいなことは言わないようにしてくれよ」

「はーい了解です」

七野は素直に片手をちょこんと挙げて応える。

その仕草にまた可愛さを感じてしまってとても悔しい。

友達になったといえど、一度好きになった人を完全に異性として意識しないのはかなり難易度が高い。隙間から漏れ出る気持ちを見ないように蓋を閉めているのが現状だ。

とはいえ高三の時のように言い寄って、また話せなくなるのは嫌なのでもう再燃させたくもない。

だからこそ俺は新しい好きな人が欲しかった。アテもないので、漠然とした欲求だ。

「あーくそ、彼女ほしいな」

「ごめんなさい。私は彼氏いらないです」

「あれ、なんかいきなり振られたんだけど。今別に全然そんなつもりなかったのにすごい悲しくなったんですけど」

「変に意識させるとあれかなーって」

七野なりの優しさを発動したようだが、今は全く求めていなかった。四万円を失った悲しみも合わさって、一層テンションが下がってしまう。

「泣きっ面に蜂すぎる」

「あはは、たしかに！」

「二発目はあんたですけどね！」

あっけらかんと笑う七野に、嚙み付くように声を出す。

でも俺は、内心少し嬉しかった。

それは、今みたいな会話が七野と仲が深まった証拠だと解っているからだ。高校生の頃は、七野とこんなに砕けて話せなかった。

「まー安心してよ、再燃はない。もう二年前の話だしな」

「はいはいフラグフラグ」

「なに煽ってんの？　告白してほしいの？」

「全然してほしくない！」

「ハッキリ答えてんじゃねえ！」

ヤケクソになった俺は中断していた食事を再開し、パスタにフォークを突き刺した。

勢いに任せてぐるぐる回し、口に運んで咀嚼する。

「豪快だねぇ」

十六時半から講義が入っているので、その前の腹ごしらえ。決してやけ食いという訳ではない。

「まぁガッサー、この前彼女作ってたじゃん」

パスタに伸ばしたフォークがピタリと止まった。


――そう、俺は数ヶ月前に彼女がいた。


ただし重要なことが一つある。

「三日で振られたけどな。言わせんな恥ずかしい」

「可哀想なガッサー……」

「哀れむのもやめて!?」

サークル内では三日天下と名付けられている、俺と先輩の交際期間。

俺は梨奈先輩というサークル内の先輩と三日間だけ付き合った。とはいえ、俺や梨奈先輩から告白という手順は踏んでいない。

俺が梨奈先輩に憧れているという憶測が勝手にサークル内で回り、あろうことか本人に伝わってしまったのだ。それも伝わり方が最悪で、場面はサークルの飲み会だった。

飲み会の雰囲気で半ば無理やり付き合う運びになったのだが、その三日後にあっさり振られてしまった苦い思い出。ほんと何回振られるんだ俺。

顔を顰(しか)めて、またパスタをかき込んだ。

「がっつきすぎだよ、ガッサー」

七野はそう言って俺にティッシュを数枚差し出した。

意図が分からないでいると、七野は自分の桜色の唇に指をちょこんと当てる。

「なんだよ」

「んー」

七野は身を乗り出して、俺の口をティッシュで拭いた。

一瞬の早技だった。

「こういうこと。ダメだよ、女の子の前でお行儀悪くしちゃ」

「……すんませんでした」

七野は自分のストローに口を付けながら頷く。

たったそれだけの動作で男の視線を釘付(くぎづ)けにするような女子は、俺を相手にもしていない。

思わず溜息(ためいき)を吐(つ)いて、お盆を持ち上げた。

「もう講義行くの？」

「やっぱ今日は帰る。次の講義余裕で単位取れるやつだし」

「ええ、試験前に泣きついてもノート貸さないよー？」

七野はフォークでスパゲティをくるくると巻きながら言った。

「一方的に俺が借りてるみたいな言い方やめてくれ。俺だって七野に結構な頻度で貸してるだろ」

「私は色んな人から借りられるけど、ガッサーは私からしか借りられない講義沢山あるじゃん」

「くそお！　人望の違い！」

大学は高校より、交友関係が武器になる機会が多い。

人によって講義の取り方が違う環境で、同じ講義に友達がいるのといないのでは差が大きい。

「なんか面白いことしてくれたら貸してあげるけどね〜」

……だからこんなめちゃくちゃな要求をされても、頭ごなしに拒否することができない。

「……参考までに聞かせてくれ」

「柚木(ゆずき)さんにもう一回会ってくるとか？」

「できるか!!」

即座に却下して、俺はそのまま返却口へと歩を進める。

真波とは少なくとも数年以上会う機会もないだろう。このご時世、ＳＮＳで繋(つな)がっていないというのはそれと同義だ。

後ろから「また明日ね〜」と七野の声が追い掛けてきて、俺はぎこちなく片手を挙げた。

本来講義中の時間ということもあって、構内で道行く学生の数は少ない。

少ないといっても高校の規模より遥かに大きいが、それも入学して数週間で慣れた。学祭などのイベント時は興奮するが、日常を過ごす分には何も変わらない。

緑葉に身を包んだ木々が、正門までの下り坂を覆っている。

文系に使用される校舎が途中で見えるものの、生憎俺の目的地は自宅だ。

今日はバイトのシフトも入れていないし、ゆっくり漫画でも読もう。暫くお金を使わない遊び方を考えないといけない。

俺は財布の寂しさを思い出して嘆息した。

大学生になると遊びで使う費用は高校より格段に高くなった。

自由に使えるお金が増えたのは悪いことじゃないのだが、やはりその分をバイトで稼ぐというのは億劫なものだ。

職場は個人経営の漫画喫茶なので他のバイトよりかなり楽だろうが、労働そのものに対して億劫と感じてしまう。

……我ながら先が思いやられる。

そう将来を案じていると、正門付近に小さな人だかりができていた。

大学の正門前はたまにサークルやその他団体への勧誘をする場となっており、大方今日も人数の足りないサークル員たちが帰りの学生に呼びかけているのだろう。

俺は脇に逸(そ)れて、なるべく勧誘の邪魔にならないように進んでいく。

この時期の勧誘ということは、途中でサークル員が抜けたりしたのかもしれない。

大学は同系統のサークルでも数種類存在する例が多く、途中からより大規模なサークルへ移動する学生もいる。

人数が多い方が何かと得になることが多いのだ。

バスケサークルではいつでも試合形式で練習ができたり、アウトドアサークルでは団体割引で旅行が安くなったり。

そしてサークルといっても大学公認、非公認と分かれており、前者になりたい場合は一定以上の人数が必要だ。

でもこの時期の勧誘はちょっと厳しいぞ、と心の中で呟(つぶや)く。

「あ、ちょっと」

公認になれば大学側から活動費の一部援助などが期待できるし、認知度が高まり学生の数も更に集めやすくなる。

かくいう俺が属するサークルも、大学から公認されたアウトドアサークル。

人数の多さが利点になるのは肌で感じている。

「ちょっとってば」

アウトドアサークルといえば頻繁に登山をしたり、海に行ったりというイメージが先行するかもしれないが——

「ねえ！」

「おわっ⁉」

グイッと袖が引っ張られて、思考も身体（からだ）も引き戻される。

こんな強引な勧誘は初めてだ。

俺は思わず眉根を顰（ひそ）めて振り返ると、予想とは何もかも違っていた。

まず声の主はこの大学の学生では無かった。

そして状況から人だかりの原因の一部と推測される。噂（うわさ）をすればなんとやらだ。

柚木真波、連日の邂逅（かいこう）である。

「ま、真波⁉　お前っこんなところで何やってんだよ！」

「あら、随分なご挨拶ね」

真波は俺よりもいくらか険しそうな顔をしてから、周囲に視線を巡らせた。

「ていうか、なによこの人だかり」

「あー。多分サークルの勧誘だ」

「へえ、そうなんだ。この時期に珍しいわね」

真波はそう言って、俺の一歩前を歩いた。

少しずつ離れていく真波の背中を眺めていると、横から小さな声がする。

「あの子かなり、いやめちゃめちゃ綺麗じゃね？　あんなのうちにいたんだ」

「いやいねえよ、いたら俺絶対覚えてるもん」

男子学生たちがそんな会話をしている。

確かに見ず知らずの人から見れば、真波は相当好印象だろう。あの遠のいていく後ろ姿からも判るように、流麗な曲線美は高校時代のそれより磨きがかかり、一般人の枠からはみ出してもおかしくないレベル。

あれが自分の元カノだと言っても誰も真に受けないはずだ。

まあ偽物の恋人関係なので、真に受けないのが正解なのだが。

俺はそう思いながら、踵を返して真波が進んだのとは反対方向へと足を向ける。

最寄り駅への道はこの方向。

帰ったらポテチでも摘みながら、ネットフリックスでアニメでも見ようかな。何を見よう。ひげを剃る、そして――

ダダダッという駆け足の音が後ろから近付いてくる気がした。

次に男子学生が「あれ、さっきの」と声を漏らす。

何だかとんでもなく不穏な空気を感じて振り返った瞬間、後頭部がスパーン!! と思い切りすっ叩(ぱた)かれた。

「追い掛けてきなさいよっっ!?」

頭の中でグルグルとひよこが回った。

俺は真波にズルズル引っ張られるがまま、大学最寄りのカフェ『savanna』に訪れていた。店名の暑苦しさとは裏腹に、内装はモダン風だ。

俺たちはテイクアウトのドリンクを注文し終えて、少しの待ち時間を店内の隅でつぶしている。

「あの状況、普通なら私について来るわよね。なんで逃げたのよ」

店員によると五分程度かかるようなので、俺たちは隅にぽつんと設置されている二人用ベンチに座っていた。

店内を見渡すと、このカフェは客層の殆(ほとん)どを学生が占めているのが分かる。

そのため開放的な雰囲気が店内に漂っていて、皆(み)んな普通のカフェより話し声が大きい。

裏を返せば一人で訪れるとかなり寂しい思いをするのだが、今は視線を一身に集める真波と二人だ。帰りたい。

「ねえ聞いてんの」

「聞いてる」

「じゃあ復唱してみて？」

「ねえ聞いてんの」

「そこじゃない！」

真波はバンッとその場で足踏みして抗議する。

俺は人差し指を口に当てたが、真波は「此処なら大丈夫でしょ」と一蹴した。

確かに店内の隅なので、視線を集めることはあっても、この喧噪の中で声が届くことはないだろう。

「ほんとに相変わらずね。私に興味なさそうなところとか」

「いや興味はある。逆にお前に興味ない男なんているのかよ」

「へえ、ほんとに。じゃあ私がどこの大学に通ってるか知ってる？」

「オックスフォード大学」

「喧嘩売ってるのね？　そうなのね？」

「違う違うごめん！」

こめかみがピキリとした気がして、俺は慌ててかぶりを振った。

この地域には認知度が高い大学がいくつかあり、真波はその中のトップだ。俺の高校に通っている生徒なら皆んな知っている。

真波のファンが大学まで追いかけるために受験勉強を頑張り、高校の偏差値が底上げされた逸話は記憶によく残っている。

唯一真波とタメを張るほどの人気を有していたのが七野優花で、周りからは二大マドンナと評されていた。

容姿や言動が対照的なのがその呼び名の浸透を加速させており、当人たちの耳にも届いてしまうほどだ。

七野がゆるい雰囲気を纏った可愛い系で、大人しめの存在。真波はしっかり者の美人系で、クラスの中心的存在。こうして改めて見るとファッションセンスも全く異なっているなと実感する。

今日の七野が白基調のブラウスにピンクゴールドのピアスでアクセントをつけていたのに対し、真波は黒シャツにシルバーのネックレス。

これ程対照的な二人なら、高校時代男子の中で派閥ができていたのは必然といっていい。

「何ぼーっとしてんのよ」

「ほぇ」

「なんて声出してんの……まぁいいや」

真波は呆れたように息を吐いて、ハンドバッグから朱色の財布を取り出した。そして中から二万円を引き抜き、俺の眼前でチラつかせた。

「なにそれ」

「昨日の代金。あんた口座番号間違えて教えてたわよ」

「あぁ……」

そういうことか。

俺の責任でぼったくりに遭ったのだから、お金を受け取るつもりはない。勿論財布は寂しいが、それ以上にケジメというのがある。

とはいえ大学まで来られるのは予想外だった。連絡先を知らなければ大丈夫だと決め込んでしまっていた。

「要らない」

「……そう、やっぱりわざとだったのね」

真波は目を細めて、溜息を吐いた。

端整な顔立ちをしている分、それだけで萎縮してしまう男は多いだろう。俺も高校時代付き合っていなければ、そうなっていたかもしれない。

「あのね、別にあんたを気遣ってコレ渡したい訳じゃないの。貸し借りナシにしておかないと、私が気持ち悪いのよ」

「ヤダヤダヤダヤダ」

「怖いってなによもう！」

真波はドン引きしたように俺から若干離れた。

しかし二万円を財布に入れ直す気配はなく、ドン引きさせて〝この男には一銭も払いたくない〟と思わせる作戦は失敗に終わった。

だがここまできたらどうしてもお金を受け取りたくない。それは論理的な思考から導き出された結論などではなく、ただの意地だ。

思考を巡らせていると、一つ代替案が浮かんだ。

「分かった、受け取らない」

「文脈おかしくない？」

「いやごめん違う。現金は受け取らないけど、対価は貰（もら）うことにする」

真波は不満げな表情だったが、俺が折れそうにないと判断したのか渋々といった様子で頷（うなず）いた。

「……まあそこらへんが落としどころかしら。いいわ、何でも言って」

「何でも……？」

「殺す」

俺の返答をどう曲解したのか、真波は拳を握って立ち上がった。

俺はブンブンと手を振って「例えば料理とか！」と急いで付け足す。

「料理？」

真波は怪訝（けげん）そうな表情を浮かべて、腰を下ろした。

料理というのが最も簡単で、胃に消えていくことから後腐れないように思えた。

「嫌よ」

「えっ」

「どこで料理するのよ。アンタの家？　それとも私の家？」

言われてその問題に気が付いたが、すぐに代替案は浮かんだ。大学構内にはキッチンを貸し出ししてくれる場所がある。

「それでもダメ」

「まだ何にも言ってない！」

発言を拒否されて、俺は思わず抗議する。

だが真波にはそれなりの考えがあるようで、小さく息を吐いた。

「私は二万円に値するような料理なんて作れない。手間賃を考慮しても、ちょっとそのハードルは越えられないわ」

「いや別にそんな真面目に越えようとしなくても……」

――やっぱ対価もいらないよ、いいじゃん昨日の件は忘れようぜ。

そう伝えようとすると、先に真波が口を開いた。

「言っとくけど、対価を何にするか決めるまで私帰らないからね。姿現すかもわかんないアンタにわざわざ会いに来たんだから、また有耶無耶になんてさせないわ。……まあアンタがお金を受け取ってくれたら済む話なんだけど」

「受け取らん。つーか俺が裏口から帰ったらどうするつもりだったんだよ」

　真波は溜息を吐いて、答えた。

「この大学へ通う友達に連絡して、居場所探して引きずってきてもらう予定だった」

「絶対やめろよ……？」

　筋骨隆々の大男を想像して恐ろしくなった。

　誰のことを指しているか分からないが、真波なら冗談と言い切れないあたりがより恐怖を煽る。

　だが一つの可能性が思い浮かんで、胸を撫で下ろした。

　真波が声を掛けるなら、まず同性の知り合いという線が妥当なところと気付いたからだ。

「うちに通ってる同じ高校の女子って七野一人か。あいつにそんな筋力ねーよ」

「七野？」

　真波が怪訝な表情を浮かべる。

　外れたようだ。

　じゃあ誰のことだ？　と返そうとしたが、先に意外な問いが飛んできた。

「何で苗字呼びなの。アンタ、告白してなかった？」

……そうだった。

真波とは高三のある日を境に全く喋らなくなったから、俺が七野に振られたのを知らないのだろう。

真波に知られていないということは、七野は俺を振った事実を誰にも他言しなかったのかもしれない。

今更判明する七野の対応に、俺はちょっとだけ感動した。

七野が誰彼構わず言いふらす性格とは思っていないものの、友達くらいになら報告していても仕方ない話だと割り切っていたからだ。

俺だってもし異性から告白されたら、嬉しくなって誰かに報告したい気持ちが湧いてくると思う。

やはり普段からモテる人はその辺りの対応が違うらしい。

「七野には、高三の時に振られたよ」

言った瞬間、ガタンと音を立てて真波が立ち上がった。

驚いて彼女を見上げると、なぜかこちらを睨んでいる。

数秒間視線が交差する。

そして急にこちらへ乗り出し、俺の肩を鷲掴みにしてガクガクと揺らした。

「アンッタねー！　私の元カレのくせしてなにあの子に振られてんのよ!!」

「なんだその暴論はぁぁぅぁ!?」

勢いのままひっくり返りそうになり、何とかバランスを維持する。

怒られる意味が全く分からずに揺らされていると、やがて真波は腕組みをした。

暫く考えるような仕草を見せた後、口を開く。

「いい？　アンタ、一応私の元カレなの。これどういう意味か分かる？」

「いや……文字通りの意味としか」

真波が眉を顰めたので、別の答えがあるらしい。

……一体全体なんだというのだ。

大学生になり少しは大人になった真波のことだ、俺の思慮が足らないだけかもしれない。

だが見当もつかずに内心頭を抱えていると、真波が鼻を鳴らした。

「それはね、どういう理由で別れたのであれアンタの行動は私の名前も背負ってるってことよ」

「………へ？」

聞いた上で分からなかった。

「だから七野さんにアンタが振られたかと思うと……！」

「し、知るか!?　理不尽にも程があるぞ！」

確かに犯罪などの非人道的な行動を起こせば、過去に付き合っていた人へも疑いの目が向く可能性もゼロではない。

だが異性に振られる程度のことでそれを言われては、世間の大人は何人の名前を背負っているというのか。

一人の理性ある人間として節度を守る行動をしろというのなら理解できるが、真波の主張はとてもじゃないが聞き入れられない。

その時俺は思い出した。

眼前に座る真波は、高校時代二大マドンナと呼ばれていた。

だが、それ以前のあだ名は――

「――暴君、柚木真波！」

「いつのあだ名引っ張り出してきてんのよ！」

スパコーン！　と小気味いい音で頭頂部が叩かれる。

再び回り出したひよこに挨拶していると、真波は伝票を持って立ち上がった。

ドリンクが出来上がり、店員に呼ばれたようだ。

レジに向かう彼女に、今度は怒られないようにしっかりついて行く。

俺はブラックコーヒー、真波は生クリームがたっぷり乗ったアイスカフェオレを受け取って外へ出る。

外の熱気に当てられてクラクラしていると、真波が不機嫌そうな声を出した。

「話が変わった。ええ、決めたわ。まあ本来ならこれが妥当だし、覚悟決めたわ」

「な、なにを……？」

俺の意見が全く通らないまま話が進んでいっている気がする。

いや、気がするではなく実際そうなるに違いない。

「アンタとデートするのを対価にさせてもらう。もちろん費用は私持ちで」

「はぁ!? なんでそうなる！」

俺は仰天して、思わず大きな声を出した。

「理由はいくつかあるけど。アンタ、まだ七野さんのこと好きでしょ」

「すす好きじゃねーし！」

「そう？ さっきのアンタ、高校時代と同じ顔してたわよ」

「……こ、高校時代って？」

「ええ、アンタが七野さんを好いてた頃と同じ顔。さっき七野さんの名前出した時、ソレだった」

構えていないキャッチャーミットにジャイロボールを投げ込まれた気分だ。

七野への気持ちはあまり考えないようにしている問題だった。

「もう告白はしないの？」

「……それは」

確かに七野との仲は、高校時代より大学に進学してからの方が明らかに良好だ。

真波の言う通り、再び告白するという選択肢を一度も考えなかったといえば嘘になる。

しかし今日のやり取りから分かるように脈無しだ。

七野の目には俺が友達としてしか映っていないし、「その枠から出ようとしないでね」という意思を会話のところどころから感じ取ってしまう。

一見あざとく思える行為にも、丁寧に「違うから勘違いしないでね」というフォローがしっかりついてくる。

異性として見てもらうには、些か時間が経ちすぎた。

付き合うなんて夢を見られる隙間がない。

真波は俺と七野の仲を一切把握していないから、そういうことが言えるのだろう。

「七野さんに二度も振られるなんて、私の元カレとして看過できない。だからアンタの場慣れに付き合ってあげる」

「そんなことでデート……？」

「アンタにとってはそんなことでも、私にとっては違うのよ」

「二大マドンナって仲悪かったのかよ」

高校時代そんな噂は聞いたことがなかったが、何だか特別な対抗心を抱いているように思える。

しかし真波はあっさりかぶりを振った。

「別に普通よ。私が勝手に気にしてるだけ……ていうかそのバカみたいな呼び名やめて、くだらないから」

真波はフンと鼻を鳴らす。

謙遜などではなく本気で嫌な様子だった。

だとしたら、何が真波にここまで言わせるのか全く理解できない。

仮にも俺と真波は元恋人同士だ。こうしたデリケートな問題はあまりすぐに決めない方がいいのではないだろうか。

真波のことだ、デートとやらが終わった後本当に「じゃあ七野さんへリベンジしましょう」なんて提案するかもしれない。そんなの振られる可能性が超濃厚なのだからお断りだ。

ひとまず一度、七野の存在から離れてもらおう。

そのために有効なのは――

「俺、一応この前まで年上と付き合ってたぞ。三日で振られたけど」

ピキリ、と真波のこめかみに不穏な動きが見えた。

本能が真波から離れろと叫んでいる。

彼女は爆発寸前だ。一体どうして。

「……アンタ……七野さんだけならまだしも……」

「いや待て、落ち着け。別に梨奈先輩はお前の知り合いじゃないだろ」

先程の話は、知人にどうこう思われるのが嫌だからということではなかったか。

だから真波と面識のない梨奈先輩の名前を出したというのに、彼女の沸点がすぐそこまで迫っている。

「その人一体どれほどの人なの……？　七野さんならまだしも、軽い女に弄ばれただけなら私その女の記憶を――」

「おおお落ち着け！　これこれ見てくれ！　めっちゃ美人！　年上の包容力！　親しみやすい性格！」

慌てて俺は梨奈先輩のインスタのアカウントを検索して、画面上に表示させて真波の眼前へかざす。

真波は眉を顰めてそれを見ると、時間が経つにつれて穏やかな表情へと変移していった。

……これほど不機嫌な真波を画面越しに宥めるなんて、梨奈先輩恐るべし。

「……うん、許す。知り合いだったら話は別だったけど、まあいいわ。アンタがそれだけ言うってことは、まともな人なんだろうし」

「帰りたいよぉ……」

胃の痛みからそう呟くと、真波がキョトンと首を傾げた。

「デートをするのは悪い提案じゃないはずだけど。七野さんを別にしても、アンタ女の子にモテたくないの？　場慣れしておいたら、今よりモテる可能性は上がるわよ」

「そりゃ、女子から好かれたいって気持ちは誰にだってある。そういう誰にだってある気持ちに問いかけてるならイエスだ」

「回りくどい言い方ね。素直に認めなさいよ」

「あんまりいじめないで！」

俺が抗議すると、真波は数秒間置いてから「ゴメン。人それぞれか」と素直に謝ってくれた。

何だか意外な気持ちになっていると、真波は気を取り直したように一つ息を吐く。

「私も元カレがモテてたら鼻が高い。てか七野さんに、私と長期間付き合ったアンタを認めさせたい。付き合う云々を除いても、それくらいは叶うだろうし」

……仮にモテるようになったとしても、七野は俺への認識を変えるだろうか。女子は生物学の観点からライバルの多い男に惹かれやすいという話も聞いたことがある。

しかしその程度で彼女が変わるとは思えなかった。その疑念が顔に出ていたのか、真波は肩を竦めた。

「七野さんを対象にしたのが自分勝手だったのは認めるわ。でもアンタを今よりイイ男にしたい気持ちは本当よ。誰かに未練があるにしても、新しい人にアタックしたいにしても、この歳になれば多少場慣れしてる方が良いしね」

「その場慣れって、そんなに役に立つのかよ」

「私はそう思う。デートに慣れておくと、何が生まれると思う？　正解、余裕が生まれるの」

「あれ、俺まだ何も答えてないんですけど」

戸惑いながら返事をすると、真波は「話拗れそうだから」と笑った。あながち間違っていないのが憎たらしい。

「女は余裕のある男に惹かれやすいわ。アンタたち男が、より可愛い人を求めるのと同じでね」

「顔だけじゃ――」

「勿論よ、女だって余裕があるだけで好きになんてならない。ただ、一要素に含まれるのは間違ってないと思う」

一要素くらいなら、もしかするとそうなのかもしれない。余裕のある人、ない人の二択があった際に前者を選ぶ人が多いと主張されたら、おおよそ納得できる。

「その余裕の作り方には二種類あるわ。成功から自信をつけるか。失敗から対処法を学ぶかよ」

「じゃあデートを沢山成功させるってことか！」

「……私があえて場慣れを提案してるのには理由があるの」

「ん？」

「どんなに鈍くても、失敗した瞬間に指摘されたら気付けるからよ」

…………どうやら俺は、そのどんなに鈍いという枠に分類されているようだ。

「アンタは私相手に沢山失敗して、沢山対処法を学ぶ」

「失敗を重ねたら、余裕のある男になれる。なるほどな」

確かにそれなら、少なからず両者にメリットがありそうだ。

真波は自信に満ちた笑みを俺へ向けた。

「どう？　悪い話じゃないと思うけど」

「……わかったよ、そういうことなら」

「決まりね」

真波は俺の前に駆け出して、くるりと振り返った。

手を腰に当てて、口角をキュッと上げる。

「アンタの恋愛、ひとまず私がプロデュースしてあげる！」

真波の頭上で、太陽が爛々と輝いている。

その光景に、俺は目を細めた。

眩しかったからではない。高校時代の情景と重なり、思わず懐かしんでしまったからだ。

俺たちが偽の恋人関係を始めた日。その時交わした約束と重なっているのは、偶然なのだろうか。

「ラインのアカウント変わってないわよね？」

不意に真波は訊いてくる。あの日のように、無垢な表情で。

「ああ、そのままだ」

答えると、真波はスマホをポケットから取り出して素早く指を走らせた。

「ほい、ブロック解除した」

「さ、さんきゅ」

お礼を言うのは何だかとても違和感があった。

ブロックされたと気付いた際は結構ショックを受けたものだが、こうもあっさり解除されるとは。

そもそも何故俺をブロックしたのだろうかと疑問に思うも、また「小さい男ね」と言われるのは確実なので質問は控えておく。

「言い忘れてた」

真波は俺に近づいてきて、胸を人差し指で小突いてきた。

「間違っても私に惚れないでね？　この対価、そういう目的じゃないからね」

「俺は一体何人に釘を刺されればいいんだ……」

「だって──偽物だったでしょ、私たち」

こともなげに真波はそう言って、踵を返してカフェオレを飲んだ。

俺もそれに倣い、一旦ブラックコーヒーを口に運ぶ。

──そうだ。

俺たちの思い出に、恋人のような甘さなんて無い。

……そう思うようにするのが別れる時の約束。

そしてこの状況は、付き合う時にした約束と重なっている。

あの約束を、真波が覚えているかは分からないが。

「……アンタ、ブラック苦手じゃなかった？」

「………………克服じだ」

「……ああ、そう。まずはそういうところからね」

真波の呆れ果てたような返答。

俺の見栄はまた失敗に終わった。

☑第3話　サークル

アウトドアサークル『オーシャン』。

サークル構成員はおよそ二百人。一年生から四年生まで殆ど均等に在籍しており、『オーシャン』に所属するにはエントリーシートの提出が求められる。

つまりは選考があるということだ。当然選考に落ちた学生は『オーシャン』への所属が叶わなくなる。毎年多くの学生が落とされる状況下で、俺は『オーシャン』の二年生として名前を連ねていた。

外部からは目立つ人種ばかりのサークルと思われているため、俺が所属していることを知った同級生からは高い確率で「意外〜」と言われる。

そんな俺が選考に通った理由は判っている。

「ガッサー、優花ちゃん今日も飲み会来ないのー？　これで何連続欠席だよー頼むよマジで」

「阪本さん、下の名前で呼んだらまた七野に怒られますよ。次はもう庇いませんからね」

「ちょ、そんなこと言わないで。ジュース奢る。あれ、もう二十歳になったんだっけ？　じゃあ酒いけっか」

今日は月に二度開催されるサークル飲み会の日。

サークル員のおよそ百人が貸切している居酒屋『岬』は、靴を脱いで寛げる座敷が特徴の『オーシャン』行きつけの店。

そして俺の正面席に座るのは、サークル副代表を務める阪本さん。ジュースで後輩を懐柔できると思っているおめでたい頭の三年生だ。

言い換えればポジティブ思考となるが、このサークルにはそういった人種が多く集まっている。俺の隣で寝てしまっている先輩も含めて、皆んな明るい人ばかりだ。

七野優花は阪本さんを含め、新歓の段階で他の上級生からいたく気に入られていた。

熱烈な勧誘を受けた七野は、たまたま近くに座っていた俺を見つけてこう言ったのだ。

——あ、衣笠同じ大学だったんだぁ。うん、衣笠が入るなら私もここに入ろうかな。

新歓参加者一の容姿を持つ女子から放たれた、鶴の一声。

俺は形だけのエントリーシートを提出し、即日で合格した。これが理由だ。

「俺はギリ十九です。酒はまだダメですよ」

「はー真面目か！　新歓の時もそうだったよなー」

新歓とは新入生歓迎会の略。

殆どの大学では、四月は新歓が盛んに行われるシーズンとなっている。新入生たちが連日異なる活動を体験し、自身の所属するサークルを決めていくという訳だ。

ここまでは中高生でいう仮入部と同じ。

しかし大学の新歓はここからが決定的に異なっている。

活動時間終了後には河川敷にブルーシートを敷いて花見をしたり、居酒屋を貸し切って飲み会をしたりと、アフターを新歓のメインに据えるサークルも少なくない。

勿論、上級生にはそのアフターで親交を深めてあわよくば入会してくれたらという思惑がある。しかし新入生にとってサークルの選択肢は高校のそれより遥かに多いことから、基本的に上級生側が接待してくれる。奢ってくれる日も珍しくない。

一人暮らしを始めて食費を節約したい状況下で、新歓シーズンの殆どをタダ飯で過ごす人もいたほどだ。

『オーシャン』の新歓は基本的に花見で、俺も七野と一緒に何度か参加していた。

七野が隣にいるだけで、俺への扱いも特別良かったのは今でも記憶に残っている。

「阪本さん、来年の新歓では新入生に酒勧めちゃダメですからね。また七野に軽蔑されますよ」

「ハハハ、それが良いんじゃなっっぷ」

何か変態チックなことを言おうとした阪本さんの後頭部が、華奢な手にスパンと叩かれた。

「はい、時代錯誤。二十歳未満にお酒勧めるのは今時じゃないよ、阪本」

「梨奈サン……よくも俺様の頭を……」

――梨奈先輩だ。

宮下梨奈。

俺の〝三日天下〟の相手。天下とはよくいったもので、梨奈先輩は整った顔立ちの多い『オーシャン』の中でも一際輝きを放っている。

あの真波が梨奈先輩の写真一つで認めるほどなので、この認識は間違っていないだろう。

四年生である梨奈先輩は就活の影響からか、髪を黒に染めて後ろに束ねている。小顔が際立つ髪型で、上品な雰囲気はこのサークルでも少し浮いていた。

そして今のリクルートスーツ姿は、サークル飲みの空気には到底合致していない。

俺と視線が交差すると、梨奈先輩はニコリと口角を上げた。

「久しぶり。元気にしてた？」

「お、お久しぶりです。元気です、先輩は就活どんな感じですか？」

「あはは、その話かぁ。ま、終わりかけかな？」

梨奈先輩は俺の質問を受け流すと、阪本さんの隣に座った。阪本さんは俺と梨奈先輩を交互に見ると、そーっと腰を上げる。

「痴話喧嘩に巻き込まれたくないので退席しまーす」

「しないってば」

梨奈先輩は苦笑いしたが、阪本さんを引き止める様子はない。

阪本さんはついでと言うように、俺の隣で酔い潰れている先輩を担いで「ごゆっくり～」と別の席へ顔を出しに行った。

『オーシャン』に貸し切られたこの居酒屋で、四人席に二人で座っているのは俺と梨奈先輩だけとなった。

元カレ、元カノ。

普通なら俺と梨奈先輩の間には気まずい空気が流れて然るべきだが、三日での別れはサークル内のイベントだったと解釈する人も少なくない。それほど実感の湧かないような組み合わせで、俺自身湧かないまま終わった。

飲み会の勢いで付き合わされたという感覚に近い。当初梨奈先輩は「付き合っちゃえだって。皆んな勝手だね？」と言いながらも微笑していたが、その三日後に別れ話を切り出したことから内心困っていたのだろう。お互い被害者だという認識があったから、別れ話の際は殆ど動揺しなかった。

「あ、やっぱりそうですよね」というのが俺の反応だ。

そのため今はお互い気まずい想いは持っていない。

かといって全く緊張しないといえば嘘だが、心持ちが七野から振られた際と全く異なっている。

それは梨奈先輩を恋愛的に好きだと自覚した経験が無いのも要因かもしれない。

……まあ憧れていたのは事実だし、付き合うと決まった日に舞い上がったのも事実だ。

あの交際期間がもう一ヶ月も延びていれば、俺が梨奈先輩に心底惚れていた可能性も十二分にある。

そんなことを冷静に分析していると、梨奈先輩は俺に向き直って頬杖をついた。

「創くん、嘘つきだねぇ」

「えっ何がですか」

俺はオレンジジュースの入ったジョッキを片手に持ちながら、キョトンとした。

「創くんが二十歳になってるの私はよく知ってるよ？　何せ君に誑かされた元カノなんだからね」

「たぶ……か、勘弁してくださいよ。梨奈先輩を誑かせる人なんてこのサークルにいないですって」

「もー、目の前にいるんだけどな」

梨奈先輩は頬を小さく膨らませると、ぷしゅりと空気を吐いた。

「冗談はさておき。創くん、何か良いことあった？」

こういうからかいをあっさり冗談と言ってのけるのが梨奈先輩らしい。

俺も梨奈先輩に対抗して、返答について思案した。

「良いことですか……久しぶりに梨奈先輩と会えたことですかね？」

梨奈先輩は目をパチクリとさせて、吹き出した。

「あはは、似合わない！　いつのまにそんなこと言えるようになったのっ」

「男は日々成長するんですよ」

「そっかー、先が楽しみだね」

何だか恥ずかしくなって、クスクスと笑う梨奈先輩から視線を外す。

こうした類の冗談は、俺にはまだ早いようだ。

梨奈先輩に対しては一生言えない可能性も無きにしも非ずだが。

俺は気持ちを切り替えて、先程から気になっていたことを訊いた。

「梨奈先輩、今日は何しにうちに来られたんですか？」

「うわー、サークル引退したらもう来るなって？　冷たいなあ」

「違いますって」

「……今私のこと面倒だって思った？」

「ちょっと思いました」

「え、認めるんだ⁉　フォローとか無いんだ⁉」

梨奈先輩は驚いたような口調で返事をしながら、隣の席に荷物をドサっと置いた。先程まで阪本さんが座っていた席に、黒のビジネスバッグ。何だかチグハグな印象だ。

「梨奈先輩、注文何にします？」

「ん、生かなー」

返事を聞くと、俺は呼び出しベルを鳴らす。同い年くらいの店員がやってきて、梨奈先輩に「ご注文は！」と元気よく訊いた。

しかし服装から明らかに年下は俺だと判別できるのだから、まずはこちらに質問してほしいところだ。

生ビールを一つ頼もうとすると、先に梨奈先輩が口を開いた。

「生二つお願いしますっ」

「かしこまりました！」

店員がスタコラと厨房へ戻っていく。慌てて呼び戻そうとすると、店員は途中で先輩たちの席に呼び止められて、近くの席からも次々と声を掛けられていく。

これでは注文を訂正するのは申し訳ない。

「先輩、生は一つ——」

「ん？」

ニコニコとこちらに微笑んでいる。

どうやら意図的に二つ注文したらしい。

「俺にも飲めと？」

「よくできました」

梨奈先輩はコクリと頷いて、テーブルの端に置いてあったおしぼりを取った。

本来なら俺が渡さなければいけなかった。

「すみません、気が利かず」

「え？　いいよ、相変わらず堅いなー」

手を拭きながら、梨奈先輩は苦笑いをする。

上級生に配慮するのは当然だと思っているが、この先輩はこうして気を遣われるのはあまり好んでいない。

俺もそれを分かっているが、対応を変える気はなかった。

「そんなことよりさ、創くんがお酒飲むところ楽しみなんだぁ私。君が飲めるようになってから、あんまり飲み会に参加できてなかったし」

梨奈先輩はそう言って、身体をグッと伸ばした。

やはり就活で疲れているようだ。

「どう、酔ったら人格変わったりする？」

「しませんよ。そこまで酔ったこともないです」

「えー、つまんない。じゃあ今日は私のために酔っ払ってね」

「さっき時代錯誤とか言ってませんでした……？」

「あれは君が十九歳って設定だったからだよ。でも実際は二十歳な訳だし、私となら君も飲んでくれるかなって」

　梨奈先輩が悪戯っぽい笑みを浮かべる。

　答えあぐねていると、先程とは別の店員が近付いてくるのを視認した。

「生二つです」

「どうもー」

　テーブルの真ん中に二つの大ジョッキ。これを両方梨奈先輩に飲ませるのは気が引ける。かといって他の人をこの席に呼ぶのは、何だか勿体ない気がした。サークルを引退した梨奈先輩とは、現役時代ほど頻繁に会える訳ではない。

　三日天下が満更でもなかったように、俺は梨奈先輩といる時間が好きだった。同性にはプライドが邪魔して話せないことも、異性になら話せる。同い年や後輩には話せないことも、年上になら話せる。

　眼前で口元を緩めながら俺にジョッキを持たせようとする先輩とは、このサークルから卒業した後も連絡を取り続けられる仲でいたい。

「……仕方ないっすね」

何だかんだ折れてしまうのは、俺がそう思っているからだ。

「んふ。そうこなくっちゃ」

ワイシャツ姿になった梨奈先輩は、不思議といつもより色気を感じる。

二つのジョッキが当たり、乾杯の音を鳴らした。

——世界が回る。

響きの良い言葉だが、前置きに〝お酒で〟と付け加えたらどうだろう。

途端にアルコールに支配された情けない人種の出来上がりだ。

「は、吐きそう……」

胃の奥からせり上がるものに何とか蓋をしながら、俺は電信柱の傍に一人で座り込んでいた。

梨奈先輩たちと別れて数十分、閑静な住宅街に差し掛かった瞬間気が抜けたのか一気に酔いが回ってしまった。

自宅まであと五分程度だというのに、立ち上がる気力がない。

飲み会は梨奈先輩のおかげで愉しい時間だったが、自分のキャパを把握していなかったせいで辛い。

……あとちょっとだけ休もう。

その時、ポケットが震えた。

のろのろとした動作でスマホを取り出すと、画面は梨奈先輩からの着信を示していた。

「もすもさ」

『え？　大丈夫？』

開口一番、呂律が回らなかった。

梨奈先輩の声に心配の色が灯ったのを感じて、俺は咳払いをする。同時にまた吐きそうになって、口を噤む。

『あ、結構酔ってるね。さっきまで余裕そうだったけど、もしかして無理してた？』

急に酔いが回ってきただけで、無理はしていない。

梨奈先輩は「私のために酔っ払ってね」と言っていたが、実際は俺にお酒を勧める訳でもなく雑談に花を咲かせていた。

俺が自分のキャパを過信して次々と飲んでしまっただけだ。

『迎えに行くから位置情報送ってくれるかな。喋るのが辛かったら、このまま電話切ってくれても大丈夫だよ』

梨奈先輩の自宅からだと此処まで三十分は掛かる。

一後輩の粗相に、そんな迷惑はかけられない。

俺は深く息を吸って、元気な声を装った。

「すみません、大丈夫です」

『はい嘘。いいから何処にいるか教えて？』

……瞬時に見破られたが、その時のための言い訳は事前に浮かんでいた。

「もうすぐ友達が迎えに来てくれるんで、まじ大丈夫です」

これなら声が元気かどうかは関係ない。梨奈先輩も安堵したように『そっか』と笑った。

「あ、友達きました。電話ありがとうございました」

『よかった。じゃ、またね』

電話が切れると、辺りに静寂が戻る。

心なしか先程よりも気分はマシになったので、立ち上がるくらいはできそうだ。

「ガッサ？」

「え」

顔を上げると、七野が不思議そうな面持ちで俺を見下ろしていた。夜の帳に白いレースがよく映えている。

「あ、分かった。サークルの飲み会帰りだ」

「……当たり」

「やっぱり」

七野はクスクス笑うと、こちらに手を差し出した。

「ほら、立って。こんなところで座ってたら不審者みたいだよ？」

……阪本さんが見てたら怒られそうな状況だな。

七野は飲み会などでボディタッチをしてくる人を徹底的に避ける。以前、自身が信頼できない人には指一本触れたくないと言っていたのを思い出す。

目の前にあるのは掌(てのひら)ではなく、信頼の証(あかし)。

そう考えると何だかとてもむず痒(がゆ)かった。

「一人で立てるって」

脚に力を入れようとすると、七野は両手で俺の上半身を支えてくれた。

「無理しない。頭打って死んじゃったら、誰が私の空きコマに付き合ってくれるの」

「心配するところそこかよ」

そう言って笑ってみせるも、心は感謝で一杯だった。

酒のキャパはビールジョッキ七杯分。

普段は三杯以内で抑えるのが無難だと、記憶にしっかり刻んでおく。

「空きコマなんて二時間くらいあるんだよ。ガッサいないと困っちゃう」

「一緒に時間潰したいと思ってる奴(やつ)なんか山ほどいるけどな……」

「そんなの私が一緒にいたいって思わなきゃ意味ないし」

七野はあっけらかんと笑った。

こうした明け透けな態度にがっかりする男もいるらしいが、俺には理解できない。

「家まで送ってあげる」

「イケメンかよ」

「あはは、まあ家近いしね」

七野の自宅は此処から北へ徒歩十分弱の場所に建つマンションだ。俺は東へ徒歩五分程度のアパート。

同じ大学へ通い一人暮らしをする学生たちの家は近隣になる例が多いが、俺と七野もそれに漏れず徒歩圏内。

一度飲み会帰りにロビーまで送った経験もあった。

「ほい」

七野はハンドバッグを肩に掛けて、両手をこちらに差し出した。

俺は内心首を傾（かし）げて、自分の手を重ねる。

「わっ」

七野は驚いたように目を丸くした。

何かのハイタッチかと思ったが、違ったようだ。

「荷物持ってあげるってことだよ。そんなに私に触りたかった？」

「ご、ごめん」

どんな思考回路で手を重ねたのか自分でも不思議だ。

触れた部分が熱を帯びているのを自覚してしまう前に、俺は一歩前に踏み出す。

「こらこら、荷物持つってば」

「女に荷物なんて持たせられない」

「それを言うなら女に家までなんて送らせないだよ。まあガッサが荷物持ちいらないなら、それでいーけどさ」

そう言って七野は隣に並んで歩く。

十メートル間隔で配置されている街灯に、二台の車がすれ違うには危うい横幅の路地。

この辺りは比較的治安の良い地区だが、車通りや人通りも少ない路地のため二十三時というのは女子一人だと心配な時間帯だ。

「遅い時間まで何してたんだ？」

「へ？　あ、買い物。ほら」

七野は俺の質問に戸惑ったようだったが、ハンドバッグから覗くレジ袋を見せてくれた。

薬局の印があったので、「どこか悪いのか？」と訊いた。

「もー、内緒だよ」

若干呆れたような声色から、何が入っているのかを察した。恐らく七野はこの路地を進んだところにある薬局へ行っていたとだけ伝えたかったのだろうが、余計な詮索をしてしまったらしい。

「ゴメン」

「んー、全然。気にしないし、元を辿れば私が見せたのも変な話だしね」

七野は言葉を返して、ハンドバッグのチャックを閉めた。

「そういえば、柚木さんとはまた会ったりしたの？」

「会った会った。やっぱ変わってないな、あいつも」

「そうなんだ。ＳＮＳ繋がってないから、今なにしてるのか全然知らないんだよね」

「七野はライン以外何もやってねえじゃん」

ＳＮＳが全盛の今時、インスタやツイッター、フェイスブックなどのアカウントを全て作成していない人はかなり珍しい部類に違いない。

高校生の時は七野もアカウントがあったけれど、受験生の時期に全て消した時は学校で色々と噂されていたものだ。

だがそのどれもが的外れ。理由を知っている人は少数だ。

「こうやって直接喋る時間を大切にしたいんだよね。近況を確認できるのって、便利かもしれないけどそれ以上につまんないもん」

「はは、七野らしいな」

何度も聞いた話だが、その度に彼女の人間性に惹かれてしまう。

自分が持っていない強さがあると如実に実感するからだ。

俺が多くのSNSを始めた理由は、皆んなが始めたから。止めない理由は、皆んなが止めていないから。

そこに自分の考えは持ち合わせておらず、だからこそ自身の思考一つでスッパリSNSを断捨離した彼女は眩しく映る。

「こうやって対面した時に、初めての話をしてくれる人の方が好きだよ。だから、高校時代ガッサと話すのは楽しかった」

「まあ、俺基本見る専だからな。でも今は結構更新してるぜ、サークルのこととかさ」

高校生の時は誰が何をやっているかという情報は自然と耳に入ってくる。クラスという箱があるお陰でSNSを利用しなくても友達はできたし、そこから他クラスとの交流も派生させられた。

しかし大学生になるとインスタなどの恩恵をより感じるようになった。何らかの投稿を通じて連絡するのは、ラインで直接話しかけるよりも心理的なハードルが低い。

大学という大きな箱に馴染みたかった入学当時の俺は、精力的にSNSを更新し始めた。

今ではそれが習慣になってしまったが、七野に見られていなくて良かったと心底思う。仮に彼女がまだインスタなどを続けていれば、俺に話しかけてくれる機会は減っていたかもしれない。

「でも、そっかー。柚木さん、別れてからもガッサのこと気にかけてくれてたんだね」

「はは、そんな訳ないって」

「そんな訳あるよ。気にかけてないと、久しぶりに再会してもその後会おうって思わないし」

本当に気にかけているのならラインをブロックしないだろう。

また後日会うのはデートのイロハを教えてもらうという酔狂な理由なのだが、それを伝えるのはさすがに憚(はばか)られる。

俺は逡巡(しゅんじゅん)した末に「そうだったらいいな」と答えた。

――七野は目を瞬かせてこちらをジッと見上げている。

「……照れるんだけど」

「え？　あ、ごめんね」

慌てたように手を振って、七野は視線を逸(そ)らした。

高校生の時なら、今の仕草で色々と勘違いしたに違いない。

『オーシャン』でも、自分に気があると勘違いした男が何人か七野に言い寄っているのを見た。

七野自身はボディタッチを避けたり名前呼びされるのを嫌がったりしていても、男は勝手に勘違いする生き物だ。

柔和な微笑(ほほえ)みは自分にだけ向けられていると信じたくなるのが男の性(さが)。

だから、きっと多くの人に勘違いされている彼女には大変なこともあると思う。

せめて隣で歩ける俺は、もう余計な心労を与えたくない。

……真波は俺の恋愛をプロデュースすると言っていたが、その対象が七野になった場合、迷惑にしかならないのではないかと思う。

だから俺は、自分を律しなければならない。

「今日飲み会だったかぁ。ガッサが参加してたんなら、久しぶりに顔出しても良かったなー」

「俺が参加してるとかじゃなくてさ、結構皆んな待ってるんだぜ」

阪本さんや、その他男子大勢。

七野が来ると、水面下ではいつも席の取り合いが勃発する。

俺の言葉に何を思案しているのか、七野は顎に手を当てた。

「ガッサとは普通に二人で会えるもんね。だとしたら、やっぱり行く意味無かったかも」

……それは『オーシャン』にとっては嘆かわしい言葉でも、俺にとっては嬉(うれ)しいものだった。

――いつもそうだ。

脈がない、脈がないとは分かっていても、不意に一縷の希望が胸に灯ってしまう。

それが七野の本意じゃないと察していても、抗えない何かがある。

隣を歩く七野の横顔が、いつもより更に魅力的に映るのは酒のせいだろうか。……そうであってくれ。

じゃないと俺は、性懲りも無く――

「……なあ、二年間叶わなかったことが成就する確率ってどれくらいあると思う？」

やっぱり酔いが回っている。

普段なら絶対、こんな質問はしないから。

「ん？　難易度によるけど」

「激ムズ」

「あはは、激ムズかー。じゃあ其方には、諦めなければゼロパーセントにはならないって答えを授けようぅっ」

七野がポンと俺の肩に触れる。

先程掌が重なった時よりも、明らかに熱い。

熱を帯びた肩を撫でて、俺は夜空を恨めしげに見上げた。

住宅街からでも視認できる星々が、俺の胸中を嗤っているようだった。

第4話　再燃

「やばい再燃した」

真波と出会って開口一番、俺はそんな言葉を発していた。

サークル飲み会の帰り道、七野に付き添われて帰路についた次の週。

今日は真波とお昼だけ偽デートをする約束だったため桜丘駅で待ち合わせたが、俺の心はあらぬ方向へ飛んでしまっていた。

真波は目を瞬かせてから、口元に弧を描く。

「ふうん、やっぱりね。そうなるとは思ってた」

声にからかいの色がある気がして、俺は目を逸らす。

「不可抗力だ。あれは不可抗力」

「なになに、聞かせなさいよ。手でも繋いでくれた？」

「ばっ、ばかやろー！　あいつがそんなことするか！」

「うわ何その反応、童……ピュアすぎて逆に引くんですけど」

……今とんでもないことを言おうとしていなかったか？

言及しようか逡巡したが、踏みとどまった。

真波にそんな不利な分野で戦いを挑んでも、返り討ちに遭うに決まっている。

それに手を繋ぐというのも、当たらずとも遠からずだ。

「再燃したって何かきっかけあったんでしょ？」

「いや、ない。強いて言えばちょっと身体が当たったくらい」

「……どう——」

「言わせねえぞ」

俺がピシャリと発言すると、真波は肩を竦めた。

——再燃。

しかし、あれは酒のせいというのもあったかもしれない。

情けないことに、俺はそこを判断できていない。

まだあの夜以来、七野と喋れていないのが原因だった。

もしかしたら違う可能性もある。そしてその方が、きっと両者にとって波風のない日常を続けられるはずだ。

少なくとも七野はそれを望んでいると思う。

「まあ考えてても仕方ないでしょ。今からは私とのデートなんだから」

真波は俺が何を考えているのかを分かっているかのように言った。

そして、不意に俺の手を引く。

「どう？」

「え？」

「ドキドキする？」

「全然」

ビキリ、と手に力が込められた。

「その言い方はなんかムカつく」

「すみません」

確かに他に言いようはあった。

思わず全然と答えてしまったのは、掌にまだあの夜の熱の残滓を感じるからだ。

掌に宿る僅かな灯が胸中に広がっていく感覚と比較してしまっていたから、全然なんて身も蓋もない言い方になってしまった。

素直に頭を下げると、真波は一つ息を吐いた。

「別にいいわよ。女子の身体へ触れた途端好きになるってほど、アンタがチョロくないのが分かって良かったわ」

「どういう意味だよ」

「アンタは七野さんの身体に触れたから好きになったってこと。つまり、元からそういう気持ちが常に頭の片隅に置かれてあったのよ」

「行くわよ。好きな人ができたなら、一層練習の重要性は上がったんじゃないかしら」

真波はそう言って、俺の手を放した。

「……そうだな。よし、綿密に計画したプラン通りエスコートしてみせる」

「その意気よ。じゃあ、今からどこ向かう？　ちょうどお昼時だけど」

「予約した店があるんだ。まずはそこで腹拵え」

チャットアプリから再会した際は、真波の要望に応えようとしてお店を調べていた。

だが今回は完全に俺の裁量だ。

ここで真波を唸らせたら、男としての格が上がる気がして胸が躍る。

真波を唸らせることを、今日の目標に掲げてみよう。

俺の言葉を聞くと、真波は口元に弧を描いて「いいわね」と返した。

「腹拵えって戦いに行くみたいで面白いけど、お昼から予約してくれてるのはポイント高いわ。夜は予約してくれる人多いけど、お昼にまで気が回る人は少ないしね」

「だろだろ！」

俺はブンブンと腕を振ると、真波が口元を緩める。

「夜は単純に入店できないって言われるだけだけど、お昼は並ぶしね。じゃ、行きましょうか」

「おう、ついて来て！」

俺はポケットからスマホを取り出し、地図アプリを起動する。現在位置を確認すると、俺は回れ右をした。

「こっちだ、こっち！」

「はりきりすぎよ」

真波は小さく笑って、俺の後ろに付いてきた。

ざわざわとした喧騒にクラシックなＢＧＭ。

統一されていない客層に広々としたテーブル席。

そして安価な食べ物が記載されているカラフルなメニュー表。

真波はそのメニュー表を信じられないという表情で眺め終えた後、俺に視線を戻した。

「ファミレスを予約したの……？」

「おう。この時間だと、いっつも混んでるからな。すんなり入れてよかったぜ」

そう答えて、俺は真波からメニュー表を受け取る。

色とりどりのドリンクバーは必須として、二人でシェアできるピザ、そしてミラノ風ドリアも久しぶりに食べたい。

俺は注文を決めると、呼び出しベルを鳴らす。

「ちょっと、私まだ決めてないんだけど」

「あ、ごめん。じゃあ先に俺から注文しとくわ」

そう言った途端、店員が早くも到着する。

「ご注文はいかがなさいますか〜」

「ミラノ風ドリア、ドリンクバー、ベーコンピッツァ一つずつ」

「あ、私もドリンクバー、後は――」

真波は先程目をつけていたであろうメニューを一つ、二つと口にする。

そして店員がこの場を去るのを確認し、俺へ向き直った。

「まず、いくつか言いたいことあるんだけどいいかな」

「あ、ピザにキノコとか入ってる方が良かった？」

「ちがうわ！　……まあ私も普段はこんなの言わないけど、一応これアンタの練習だからね」

俺は先程汲んできた水を真波の手元に寄せる。

真波はコップに視線を落として、目を瞬かせた。

「あ、ありがと。……いやそうじゃなくて。水汲んでくれたり予約してくれてたり、そういう類の気遣いはとても良いんだけど……」

真波は唸る。早くも目標をクリアしたのだが、唸るまでの過程が何だか違うような気がする。

「ねえ、一応私たち初デートの体なの。それは分かってる？」

「分かってるぜ」

事前に真波から伝えられていたことだ。

今日は初デート昼編。モテる女子とのデートを想定して練習しよう、そういう話になっていた。

「別にデートでファミレスの選択肢が悪いって話じゃないわよ。でも初デートってなると、ちょっと雰囲気が出ないでしょ」

雰囲気。女子はデートで雰囲気を重視するというのは何となく理解できている。気がする。その上で俺にも考えがあったのだ。

「や……でも、最初からハードル上げすぎると、その後継続できる気がしないし」

デートで毎度お洒落なお店ばかり予約している彼氏が、恋人関係が長くなっていくほど段取りが苦痛になっていき、次第にデート自体が億劫に思えてきたという話を耳にしたことがある。

せっかく好きな人と付き合うのなら、そんな思いはしたくない。最初からその可能性を潰しておきたいというのが本音だ。

しかし真波はあっさりとかぶりを振った。

「それは付き合った後に考えなさい。今のアンタの立場は〝女の子を振り向かせたい〟よ。女子大生がファミレスで振り向いてくれると思う？」

「か、可能性はゼロじゃないだろっ」

「ええ、確かにゼロじゃないわ。でも、わざわざ可能性が低い選択肢を取る必要はないでしょ。無難にカフェの方がよっぽど良いわ」

真波はつらつらと言葉を並べていく。

大方納得できるが、目を覆いたい気持ちと混在している。

何だか頷きたくなくて押し黙っていると、真波は容赦なく次の攻勢に入った。

「あとね、どうしてもファミレスに入りたいんなら予約してるって発言しちゃダメ。初デートでそう言われると、どうしてもお洒落なランチを期待しちゃうから」

「む……」

確かに、インスタなどで写真映えするランチを投稿している人は多く見受けられる。あの類が期待される状況下でファミレスに訪れるのは得策とはいえないかもしれない。

となれば、期待を煽る発言を控えた方がいいという意見は頷ける。デートのハードルを下げておきたいというのは先程の思考回路とも合致しているので、これは素直に受け入れられた。

「まあ確かにあれこれやったのをひけらかすのは良くないよな」

「うん。店員さんに〝何時から予約してる衣笠です〟って言って、初めて七野さんに伝わるくらいがスマートかもね」

俺はスマホを取り出し、今のアドバイスをメモする。

真波はその光景を見て、「あ……頭で覚えてくれない？」と気恥ずかしそうに言った。

「だって忘れたら今日の時間意味無くなっちゃうだろ」

「そうだけど、何か私が偉そうに講釈垂れてるみたいじゃない。別に私、普段こんなこと考えてる訳じゃないから」

「それはそうかもしれないけど、今のお前は講師って立場だろ。今日は踏ん反り返ってくれていいよ」

当初は俺も乗り気という訳ではなかったが、やはり女子の視点を明け透けに教えてくれる存在というのは貴重だ。

七野と付き合いたいという気持ちを無視できなくなってきた以上、今日という時間を設けてくれたことには感謝しなければならない。

「他に気付いたことはある？」

今のうちに全て質問しておきたい。

ご飯を挟めば、真波の記憶も薄れてしまうかもしれない。

なるべく感情の乗った言葉が聞きたかった。

「そうね……今日の話じゃないけど、一つあるかな。アプリで再会した時のこと、まだ覚えてるでしょ？」

「ああ、勿論」

思惑とは違い以前の話にまで遡ってしまったが、それも興味深い。

真波をMさんだと信じていた時だ。あの時は初対面と思い込んでいたため、なるべく印象を良くしようと背伸びをして色んな店を検索した。

彼女がいれば日常生活を頑張れる。だから成功確率を上げるために、なるべく第一印象を良くしたかった。

先程の真波は、その思考回路を初デートへ使うべきだと言いたかったのかもしれない。

しかしその時の俺がMさんに対して背伸びをしようと思ったのは、七野と違ってアプリのブロック一つで切れる儚い関係性だったからだ。

共通の知人が存在しないというのは何でも気軽に話せる反面そういったデメリットもあり、表裏一体。

だから俺は次のデートに繋げるために頑張ろうと背伸びをしたのだ。

今後叶(かな)うかもしれない七野との初デートとは、状況が全く異なっている。

「——これは一般論として聞いてほしいんだけどね」

真波の声で、思考から引き戻される。

「アンタ私が行きたいって言ってた肉料理のお店に目星つけてくれてたわよね。まあ最終的に見つからなかったけどさ」

「……うん。やっぱ見つけられなかったのと、ぼったくられたのはマイナスだよな」

いくら俺でも、それくらいは分かっている。

見栄(みえ)を張ろうと背伸びした結果がアレだったこともあり、慣れないデートで無理をするのは悪手だと観念した。

だから今日、俺は真波をファミレスへ連れてきたのだ。

しかし真波は首を横に振った。

「ぼったくられたのは私のせいだし、むしろ払ってくれて感謝しかないわよ。私が言いたいのは、一番最初の段取りの話」

「最初の段取り？」

感謝しかないと言われて何だかむず痒(がゆ)くなったのと同時に、頭の中で疑問符が浮かぶ。

肉料理に目星をつけていたのは、Mさんこと真波がそう要望したからだ。

「目的のお店が駅から遠すぎる。ご飯のためだけに、確か三十分以上歩いたわよね？　お洒落な道を散策しながらとかなら全然良いけど、慣れた場所をご飯のためだけに三十分移動するのは結構苦痛に感じる人もいるかもね」

「かもねってなんだよ」

この場においては、どんなに偏見が混じっていようと一度ビシリと言い切ってもらいたい。

曖昧な言葉では、心底信じるのが難しくなる。

そんな俺の思惑を知ってか知らずか、真波は表情を変えずに口を開いた。

「――私は別に良かったからね」

さらりと言ってのける彼女に、水を飲んでいた俺は咽せそうになる。

「お、お前まさか……」

一緒にいる時間がそれほど良かったのだろうか。

いや俺も何だかんだと楽しんでいたけれど、この場でわざわざ良かったと口にするということは、もしかすると――

「愉快な勘違いしてるところ悪いけど、全然違うわよ」

「ぜんっ」

全然だと！　と抗議しようとしたが、そういえば先程俺も彼女に対して同様の対応を取ってしまった。

俺は水と一緒に喉まで出かかった言葉を飲み込んで、気持ちを落ち着かせる。

真波は俺の行動に「ほんと早とちり」と溜息を吐いた。

「……当日、私は低めのヒールだったのよ。だから歩いてもそんなに疲れなかったけど、もうちょっと高めのヒールだったらきっと疲れちゃってたわ。要はその辺りの気遣いが大事って話よ」

「え、お前ヒール履いてたの」

「今も履いてるわよ」

真波が片足を通路側に僅かにはみ出させて、俺に見せてくれた。

ヒールという単語から連想していたピンヒールとは異なっているが、確かに踵が浮いている。

真波と再会してから初めて靴に目をやったが、高校時代の無難なローファーにはない華やかさが漂っている。

「大人になったたな」

「誰目線よそれ」

真波は少し呆れたように返事をして、足を戻した。

「とにかく、女は男より体力が無い上に疲れやすいヒールまで履いてたりするの。自分と同じように考えて連れ回してたら、辟易する人だっていると思うわ。七野さんがそうかは知らないけどね」

「やっぱ知らないか」

「そうね、悪いけど」

やはり七野とは希薄な付き合いだったらしい。

思い返せば、高校時代も二人が話しているところを見た記憶はあまりない気もする。

その時の情景を想起しようとしたタイミングで、店員さんがこちらのテーブルへ歩いてくるのが見えた。

俺はテーブル上に置かれていたコップを隅へ置き、真波もそれに倣う。

「お待たせしました～」

先程とは別の店員から、次々と注文の品が並べ置かれていく。広々としたテーブル一杯に置かれる大皿たちを眺める瞬間が、俺は好きだった。

だが初デートという体でファミレスへ連れてきてしまったという罪悪感が今更芽生え始め、俺は真波をチラリと見る。

すると、タイミング良くパチリと視線が合った。

真波は小首を傾げたが、やがてこちらの胸中を察したように、口元を緩めて言った。

「私、結構ファミレス好きよ」

「そ……そうか。よかった」

「うん。食べよっか」

真波は中央に置かれたピザをカッターを転がして分断させていく。

多分、本来俺がやらなきゃいけないところだ。これも減点されるだろうなと、思わず小さく息を吐く。

「いいわよ、これくらい。食事中くらい休憩しましょ」

いつも真波は不意に優しげな笑みを浮かべる。

その表情に、俺は高校時代の一場面を思い出した。

真波との出会い。

付き合うことになったきっかけを。

☑第5話　馴れ初め

――柚木真波は際立つ〝個〟だ。


二年五組の小さな教室。

その中には何十人も詰められて、それぞれに異なる色がある。

誰一人として同じ人間はいないというのに、どうしてこんなにも際立つ個が生まれるのだろう。

高校二年の俺は、柚木真波という人間を眺める度にそんな思考に囚われていた。

容姿や佇まい、声質や発言。

移ろいゆく表情から彼女の心中を推し量れる異性は、きっと数少ない。

彼女と仲が良いはずの何人もの男子が、こっぴどい言葉で振られているのがその証拠だ。

だから、俺に分かるはずもない。

なぜ五組の柚木が立ち入り禁止の屋上に入り、あまつさえフェンスへ手を掛けているのかを。

それは些か異質な邂逅だった。

俺は部活のいざこざに巻き込まれ、学年主任の先生から屋上の掃除というペナルティを食らっていた。

掃除という面倒臭さと、屋上という非日常を感じられそうな場所に入れる高揚感。

差し引きしてやはりマイナスだと億劫に感じていると、柚木真波の背中が目に入った。

彼女の華奢な指がフェンスに掛かっている。

そこで浮かんだ疑問は二つ。

なんで柚木が此処にいる？

柚木は此処で何してる？

本来屋上へ入るには鍵が要る。此処へ繋がる扉はご丁寧に施錠されていたから、彼女が誰にも見つかりたくなかったのは明白だ。

そうなると、考えられる可能性は限られてくる。

近付くのを躊躇って、遠くから目を凝らす。

彼女の斜め後ろの位置まで移動すると、辛うじて横顔を視認できた。

——物憂げな表情だ。

校庭を見下ろして、その場で微動だにせずジッと佇んでいる。

それが次の行動に備えているように思えて、固唾を呑む。

……何を。

その時俺の脳内には、一つの噂がぐるぐると回っていた。

『柚木は一人でいる時、いつもつまらなそうだ』

知るか。

噂を聞いた俺はそんな感想しか抱いていなかった。

だがこの光景を目にしてしまった今、走馬灯のように様々なニュースが頭に巡る。

最近の若者は将来を憂えている。

何事にも無気力。

生きる意味を見つけられないという学生さえいる——

俺は目を見開いた。

これから不穏な出来事が起こるという直感。

柚木の華奢な指に力が籠り、身体がフェンスにグッと近付いた。

気付けば俺は飛び出していた。

コンクリートを蹴り、最短距離で彼女のもとへ駆ける。

「柚木!!」

ビクリと肩を震わせた彼女がこちらを振り向く。

そして何かを言おうとしたが、先に俺が彼女に飛び付いた。

勢い余って二人ともフェンスへ激突し、柚木からくぐもった声が漏れる。

「馬鹿野郎、早まった真似(まね)してんじゃねえ!」

「や……何してん……っ!」

「お前の家庭環境とか、普段考えてることとか何にも知らねえけどな、死ぬのだけはナシだ！　生きてりゃ良いことあるなんて言い切れるほど俺も人生楽しんでる訳じゃねえ！　でもそれだけは——」

「ふんっ!!」

瞬間、股間に激痛が走った。

続けようとした言葉が意識の彼方(かなた)へ霧散して、代わりに悶絶(もんぜつ)級の苦痛が襲いかかる。

柚木が俺を引き剥がして立ち上がる気配がしたが、言葉の代わりに乾いた息しか出てこない。

それでも俺は彼女を止めようと最後の力を振り絞る。

「行くな、柚むぎゅあ」

後半声が潰れたのは、倒れ込んでいた俺の頬(ほお)が重りで潰されたからだ。

柚木の鞄が、俺を冷たいコンクリートへ押しつけている。

「な……」

頭上から、柚木の声が漏れる。

だが関係ない、俺は何がなんでも止めてやる。

そう思って、もがこうとすると――

「なっっにしやがんのよド変態!! 誰のどこ触ったか分かってんの!?」

そんな怒声が降り掛かった。

「は……」

「よし殺す。ほんと殺すわアンタ」

何とか柚木を見上げると、顔を羞恥の赤に染めて片手で胸を押さえている。

興奮状態にあった俺は全く気が付かなかったが、不可抗力で触れてしまったらしい。しかしそんなことは瑣末な問題に過ぎない。

「待て、最悪俺の命はいい。でもお前は自分の命粗末にすんな」

「はい?」

そこで初めて、柚木は怪訝な表情を浮かべた。

眉間に皺を寄せていても、彼女の容姿は目を惹くものがある。

「そんな容姿があって、何で自殺なんかしようとしてんだよ」

「…………アンタってバカ？」

誰が馬鹿だ。そう反論しようとして、恐ろしい可能性を思い付く。

……だがそれを自覚しては、後の身の振り方が分からなくなる。

ひとまず俺は当初の目的を全うするため、股間の痛みに耐えながら立ち上がり、大声で宣言した。

「お前の自殺を止めにきた！」

「変なこと叫ぶな!!」

スパコーン！　と小気味いい音が俺の頭から鳴った。

暗かった空気が弾け飛ぶ。

いや、暗いと思っていたのは俺の勝手な印象だったのかもしれない。

何故なら眼前にいる柚木真波は怒りを通り越して呆れたように笑みを溢したから。

「衣笠ー。私、今結構怖い思いしたよ」

「怖い思い……」

天上天下の柚木真波が？　そう返そうとしたけれど、原因を考慮すればまた叩かれそうだったのでグッと堪える。

どうやら俺はとんでもない勘違いをしてしまったらしい。

柚木は自殺なんてしようとしていなかった。ぼーっと校庭を眺めていただけ。

それで押し倒してしまったのだから、俺の立場は実に危ういものだ。

柚木に嫌われたら、クラスでの居場所はきっと一日二日で消え去ってしまう。それを防ぐために今から俺は言いたいことを全て我慢して、柚木が無意識に欲している返事をすることだけに集中しなければならない。

「よくも私の胸を揉みしだいたわね」

「異議あり!! 盛らないでくれ!」

「誰が偽乳よ!?」

「言ってませんけど!?」

全く我慢できなかった俺は目を剝く彼女から距離を取ろうとしたが、胸ぐらを摑まれ引き寄せられた。

体勢が崩れて、顔が急接近する。

「うっ」

柚木の鼻先が頰に当たる。

吐息の音まではっきり分かる。

パッと後ろに押し返されたから、ここまで近付いたのは柚木も計算外だったのかもしれない。

「はい訴訟」

「理不尽すぎない？」

俺が反論すると、柚木は眉を顰めた。

「まあ何にせよ、胸に顔埋めたことは確かでしょ？」

「検察官、先程と主張が違うようですが」

「弁護士黙れ」

「日本の司法制度はこうして崩れ去るのであった」

「………………もういいわ、全部許す」

俺とのやり取りが面倒になったのだろう。柚木は盛大に溜息を吐いて、またフェンスの方へ向き直る。

不思議と打ち解けられそうだと感じていたが、そんなに甘くはないらしい。

柚木の背中を眺める。

後ろからでも、彼女の曲線美が他の生徒にはない蠱惑的なものだと判る。

あの身体を押し倒した話がクラスに回れば、あっという間に嫉妬に狂う男子どもから村八分だろう。

それにしても、俺は本当に胸を触ったのだろうか。

見た目は平均的な大きさだが、実際の制服越しの胸は触れたことにすら気付かない程度なのか。それとも柔らかさを微塵も感じなかったのは、単に俺が焦っていたからか。

いずれにせよ良かれと思った行動が災難しか招かず、とても損をした気分だ。

しかし柚木はもう怒っていないようだし、ひとまずこの屋上からご退場願いたい。

一時間以内に掃除を終わらせなければ、反省文を余計に一枚増やされかねない。

「なあ、此処から出ていってくれねーか」

俺の言葉は無視された。

柚木は微動だにせず、ここまで存在が無かったものにされると逆に清々しい気持ちになる。

「なあって」

俺は隣に移動して、彼女を横から見る。

反り上がるほどの長い睫毛が微かに揺れたが、返事はない。

「柚木って偽乳なの？」

「ぶっ殺す」

「ギブギブギブ」

喉元に柚木の指が掛かって、手をパンパンと叩いて降参する。

柚木は「ふん」と鼻を鳴らして、また校庭の景色を眺め始めた。

この数分で分かったことだが、柚木は周りが暴君と噂するほど怖い人間じゃない。

確かに荒っぽいし唯我独尊という印象は拭えないが、本当にそのままの性格なら俺は今頃ミンチだろう。

暴君というあだ名は親しみを込められてのものなのかもしれないと、ようやく思い至る。

クラスのリーダー的存在につけるあだ名なんて親しみがあって然(しか)るべき。もっと早くに気付けることだった。

恐らく胸に触れたのは本当なのだろうが、それも時間が過ぎれば追及せずに放っておいてくれている。

俺はクラスで孤立せずに済みそうだと安堵(あんど)しながらも、やはり彼女に出て行って欲しい気持ちは変わらない。

「なあ、俺反省文かかってんだよ」

「え？」

「田中(たなか)先生からのペナルティで此処(ここ)にいんの。遊びに来た訳じゃないんだよ」

「あ、そうなんだ。ごめん、勘違いしてた」

柚木はあっさり謝って、フェンスから離れた。

「手伝ってあげましょうか」

「いやいいよ。俺のペナルティだし」

「いいから。その代わりに口止めってことで」

「何をだよ」

俺は柚木の胸に視線を落とす。

制服から確認できる膨らみを、一体何人の男子が尻目に眺めているのだろう。

柚木は偽乳だと言われるのを異常に怒っていたが、もしかしたら口止めというのは——

「胸を見るな。関係あると思ってるの？」

「え、なんで分かったの」

「正直か。てか胸見てたことも否定しなさいよ。ていうか盛ってないから。偽乳でもないから！」

柚木は言葉を連ねていった末、最後はこんな問い掛けで締めた。

「私って綺麗でしょ」

唐突な発言に、俺は口をあんぐり開けた。なんだその締め方は。

そしてなんて自信に溢れるやつだ。

俺は柚木にとって、クラスでロクに話した経験もない男子という枠のはず。今のはそんな人間に吐くセリフじゃない。

だが柚木真波は五組のボス。俺の思考を表に出せば、今度こそ干されてしまうかもしれない。

開いた口をそのまま放置していると、柚木は視線を泳がせた。

「き……綺麗じゃない？　個人の好みだったかな、男って皆んな私の顔を好きだと……」

自信過剰すぎて呆れ果てていると、柚木は目を瞬かせて頬を染める。

……確かに顔はとんでもなく整っていると思う。

客観的に見ても、他の男子が次々に言い寄るのも当然だと納得できるほどだ。

女子を好きになる要素として、顔立ちというのは大きな割合を占める。思春期の男子

――いや、男としては至って自然な現象だ。

こんなに綺麗な顔立ちの人物が自分に親しげに話しかけてくると、男という生き物はたとえ好みの系統でなくてもきっと高い確率でオトされる。勝手にオチる。

だが俺は他の男子とは違う、と思いたい。

少なくとも柚木真波の前で、顔はあくまで一要素という姿勢を崩したくなかった。

理由はないが、柚木真波がそう思わせたのかもしれない。

「ねえ、私綺麗じゃない？　告りたくならない？」

「拗らせた口裂け女かよ」

その返事に柚木は眉を顰めて、俺の懐に入る。

そして「どうよ」とばかりにこちらを見上げてきた。

実際こうして顔が近付くと鼓動は速まるし、多少の高揚感を覚えるのは否定できない。

一旦恋人関係になれば、好きになるのは時間の問題だろう。

それでも、この状況下で自分から告白するのはありえない。

「告りたくならない。そもそも好みじゃない」

「なっ――」

容姿なら隣のクラスにいる七野の方が好きだ。

七野とまだ喋ったことがないので性格までは知らないが、柚木のそれが好みという訳でもない。

俺が好きな性格は、お淑やか且つ温厚柔和、その実ちょっと腹黒いような人間味も持ち合わせて、でもやっぱり良いやつで。

つまり、眼前に佇む柚木真波とは異なっている。

再び柚木と視線が交差する。

澄んだ瞳を、今日俺は初めてまともに真近で凝視した。

教室でこんな時間なんて皆無だったから、きっと俺は彼女の一パーセントくらいしか理解できていないだろう。

柚木は常に誰かに囲まれて、俺の介入する隙間なんて一ミリだって存在しない。

この数奇な邂逅がなければ、卒業するまで柚木と二人きりになるなんて状況はなかったはずだ。

……だから、次に出てくる言葉を予想できるはずもなかった。

「――なんだ、私に興味ないやつもいるじゃないっ」

「え？」

思わず訊き返したのは、聞こえなかったからじゃない。

今まで見かけたどの表情よりも満面の笑みだったからだ。

「見つけた見つけた」

「な、何言ってんだよ。頭おかしいんじゃねえの」

つい思ったことを口に出す。

だが柚木は怒るどころか、嬉しそうに口角を上げる。

「あはは、その調子。うん、アンタに決めた。いいえ、衣笠ナントカ、君に決めた！」

要領の得ないことを宣うので、とても嫌な予感に襲われる。

ポケモンゲットだぜと言わんばかり。誰がポケモンだ。つーかフルネーム覚えてないなら無理やりオマージュしてんじゃねえ。

「衣笠、今から私の偽彼氏！」

「ちょっ——と待て。理解が追いつかん。ていうかせめて〝偽彼氏になって〟じゃないの？　今俺に選択肢用意されてた？」

「えー。まあそっか、普通は喜ぶだろけどナントカは私に興味ないんだもんね」

下の名前で呼びたかったのだろうが、分からないからといってナントカで貫かないでほしい。

創という立派な名前があるというのに、まるで無視されている。

「私と付き合って？」

――これが女子から交際を申し込まれるという、人生初の経験。

いつかはいつかはと淡い期待を抱き、諦めかけていた時に掛けられた魔性の言葉。

その初めてが柚木真波だなんて、昨日の俺が聞いたら感激したに違いない。

だが俺は知っている。この告白自体が、偽の関係を形成するためのものだということを。

かつて思い描いていた甘い囁きではなく、彼女にしかメリットのない滅茶苦茶な申し出。

俺は少しの逡巡もなく断ろうと思った。

しかし、不意に脳裏に過ったのだ。

先程、フェンス越しに校庭を見下ろしていたその表情。

俺と対峙する前、柚木の顔には翳りが窺えた。

勿論遠目だったので見間違いという可能性も大いにある。

しかし本当に何かあったのなら、力になりたいという気持ちも湧いてくる。

誰にも言えない悩みというのは、きっと人それぞれ抱えている。

今まで誰にも言えずに屋上で黄昏れるしかなかったのなら、話を聞くくらいはしてあげたいと思ったから。

「落ち込んでたのか？」

気付けば、そう訊いていた。

柚木は俺の問いに、戸惑ったように目を瞬かせる。

「え？」

「いや、何となく。俺柚木のことなんて何一つ分かってないから、気のせいかもしれないけど」

「……何一つ分かってないのに、随分自信満々に指摘するのね」

「俺は自分の直感を信じてる」

「さっき外れてたけど」

「いや、今度は大丈夫だ」

柚木の、困惑しながらも迷っているような表情からそう確信した。

校庭を眺めていた時の顔は、授業中発言する姿や休憩時間に友達と笑い合ってる姿、そのどれを取っても結び付かないものだった。

柚木と腹を割って話した経験なんてないが、その違和感だけは本物だった。曲がりなりにも数ヶ月、同じ箱の中にいるのだ。

真っ直ぐ見つめ合うと、やがて柚木は折れたように息を吐いた。

「……最近告られ過ぎて気が滅入ってたのよ」

「え？」

「さっきもサッカー部だったり野球部だったり、前まで友達だった人たちを眺めてた」

そう言って、柚木はフェンスの方へ向き直る。

遮蔽物のない屋上に突風が吹き、柚木の長髪を靡かせた。

「……アンタは興味ないんだろうけど、私って結構モテるのよ。こっちにそんな気がなくてもね。この意味分かる？」

まともに告白された経験のない俺には、あまりピンとこない。だが想像するだけならできた。きっと――

「喧嘩した訳でもないのに、積み上げてきた関係が崩れるの。一瞬でね」

フェンスに掛かった指たちが、キュッと丸まった。

「藤原だって阿部だって、私はずっと友達でいたかった。告白を断っても、今まで通りでいたいって私は思った」

……それは藤原や阿部にとっても酷な話だ。

今まで通りに接していたら、きっと想いが再燃してしまう。次に進めなくなる。一度気持ちをリセットさせるために、ある程度の冷却期間を設けるのは本人たちにとっては必要なこと。

だが、その行動が結果的には今の柚木に繋がっている。

それも本来無視できないマイナスだ。

「人との関係が終わる時は、終わり良ければ全て良しにしたい。でも恋愛感情が混ざると、それは難しくなるって最近学んだ」

だったら、と柚木は言葉を続ける。

「偽の恋人関係だったら、私の裁量で〝全て良し〟にできるかなって。……こんなの誰にも言えなかったけどね。贅沢(ぜいたく)な悩みだって揶揄(やゆ)されそうだし、自分だってそう思うし。もっと大きな悩みがある人だっているんだもの」

……確かに贅沢な悩みかもしれない。

でも柚木にとって、それが悩みであることに変わりない。

だからこそ柚木は俺に告白するなんて酔狂な真似(まね)ができたんだろう。柚木の中にまともな選択肢が残っているなら、絶対そんな真似はしない。

柚木が人知れず追い込まれている証拠だ。

そして、目の前に追い込まれている女子がいるなら助けるのが男という生き物だ。

「悩みの大小なんて、人と比べるものじゃない。本人が苦しい。話はそれで終わりだろ」

柚木にとっては深刻な問題。それが全て。

「〝偽彼氏〟の意味が解(わか)ったよ。俺が偽の彼氏を演じれば、これからは他の男子と友情関係を続けられるもんな。加えて、俺と終わる時は全て良しだ」

俺の言葉に、柚木は目を見開いた。

もしかしたら俺はとんでもなく馬鹿な選択をしようとしているのかもしれない。

初めての彼女は、両想いだと信じていた。

現実を直視し夢から覚めそうになる回数も一回や二回じゃなかったが、心の何処かに燻っていたのはキラキラした恋人生活が待っている――そんな大逆転が起こるという根拠のない希望。

しかしこれは何だ。

目の前にいるのは確かに夢のような美人。

ところがその美人は、きっと俺をこれっぽっちも好んじゃいない。そしてそれは俺も同様だ。

互いが互いを好き合っていない、本来絶対に交わるはずのなかった関係。

でも仕方ないじゃないか。

柚木真波に、物憂げな表情は似合わないと思ってしまったのだから。

「その申し出、受けるよ。俺なら柚木を好きにならずに、偽の彼氏を続けられると思う」

「え、いいの？　ほんとに？」

柚木は素っ頓狂な声を上げた。

申し出た本人も、まさか承諾されるとは思わなかったのかもしれない。だとしたら、少々早まった気分だ。

その考えが顔に出たのか、柚木は慌てたように手を振った。

「いや、私と付き合って！　アンタの時間を貰うからには、できる限り何でもするから」

「なんだそれ。何でもって何でもかよ」

柚木にどんな頼みでもできるとしたら、俺にも相当メリットがある。

柚木は一見ガサツな性格だが、先生たちからは気に入られている。立ち入り禁止の屋上にいるのも、きっとそれが要因だ。その柚木に何でも頼めるとなれば、先生によってはテスト範囲の一部だって訊けるかもしれない。

そんな打算的な考えが脳内に広がっている時、柚木は悩んでいるように俯いていた。

「その……手繋ぐくらいまでなら」

俺は思わず咽せそうになった。

「な……何言ってんだよ、そんなことしたら好きになっちゃうだろ」

「えっ」

「惚れられたくないなら、そのままでいてくれ。ボディタッチとかが無ければ俺は大丈夫だから」

仮にこれが本物の恋人にという話なら、たとえ初めは好きという感情が無くとも一ヶ月も経てば惚れていた。

しかし現状は、初めから偽物だと解っている。

ボディタッチのような、意識せざるを得ない行動をされない限りは惚れない自信がある。

柚木は驚いたような声を漏らして、かぶりを振った。

「いや、ごめん。もっと過激なお願いされるのかと」

「どんな勘違いだよ」

「とりわけ仲良い女子いなそうだし、これを機に暴走する可能性だってあると思って」

「ねーよ。初めてが弱みに付け込んだ結果とか、ダサすぎるだろ」

仮に表面上は相手の同意を取れていたとしても、そんな真似はしたくない。もしかしたら将来俺にはこの倫理観を失い、自分の根源的な欲求に逆らわなくなる日が来るかもしれない。人間変わらないなんて保証はどこにもない。

しかし少なくとも今は違う。

今の俺は、初めての相手を心底好き合った人だと決めている。

柚木は俺の言葉を聞くと、頰を緩めた。

「……ふうん。良いやつなのね。私の胸に飛び込んできたことはチャラにしてあげるわ」

「……それほんと覚えてないんだよなあ。てか〝偽彼氏〟ってさ、さっきの偽乳のくだりから着想し──」

こめかみがピキリとしたのが視界に入り、俺は慌てて視線を校庭へ逃す。

これからこの程度の冗談は許されるのかを確かめるための発言だったが、どうやら駄目らしい。

ぶん殴られるかもしれないと横目に見ると、柚木は片手で自分の胸に触れて言った。

「そんなに小さいはずはないんだけど……」

……意外に気にしてしまった。

俺は何とかフォローしようと口を開いたが、柚木は気を取り直したように咳払いをした。

「じゃあ、今日からよろしく。私のことは真波って呼んでね」

「わ、分かった。俺のことは――」

「創でいい？」

柚木はニコリと笑みを浮かべて、訊いてきた。

「……覚えてんのかい」

「思い出したのよ。一応クラスメイトの名前は全員覚えてるんだからね」

「じゃあ何でさっき出てこなかったの？」

「さ、掃除しましょうか」

「フォローしてくれない⁉」

確かに俺は五組の目立つグループに属していないが、一応ハンドボール部のスタメンだから知名度が低い訳ではない――という自信は今日をもって崩れ去った。

部活で目立っても、それがクラスに波及することはなかったようだ。

「あ、すぐにこの関係取り消さないでよね。一応ちゃんと恋人らしいことはするからさ」

「いらないよ。そんなに負担掛かること」

要はクラスの人間に恋人関係という話を周知するだけでいい。休日を一緒に過ごしたなどの口裏を合わせれば、平日は離れていても問題ないだろう。

柚木はこちらに歩を進めて、指先で俺の胸をツンと突いた。

「ごめん、私は一緒にいてほしい。彼氏と学校でずっと喋らない時間が続いてたら、他の男子はきっと私を諦めない」

……これは自信ではなく、経験からくる結論なのだろう。

柚木が言うなら、俺もそれを信じるしかない。

だが目論見が狂ったのも事実。

一度出した言葉を曲げるつもりもないけれど、思っていたより負担が増えそうだと内心嘆息する。

「……でも、衣笠にメリットも提示できてないのに要求だけするのは虫のいい話よね。メリット、ここで決めておきましょう」

「メリット？　勉強教えてもらうとか……」

「……それくらいは友達にもしてあげるわよ」

だから惚れられるんだぞ、という言葉を寸前のところで飲み込む。

本人にそのつもりがないのは分かる。今言っても傷付けるだけになりかねない。

もう少し柚木について理解してから、それとなく伝えてみよう。

俺はそう結論付けて、当たり障りのない返事をする。

「そんな真面目に考えなくても」

柚木はかぶりを振った。

「そうはいかないわよ。だって好きでもない人といるのって苦痛でしょ？　もっとしっかりした対価がないと、逃げられても私文句言えないもん」

「別に友達としていれば苦痛とかないだろ」

嫌いな人となれば話は別だが、俺は柚木を嫌ったりしていない。むしろこの屋上での邂逅で、その人となりに惹かれる部分さえあった。

一見傍若無人な振る舞いでも、クラス全体に好かれているのは皆んなの顔から伝わってくるし、近くで過ごすのも色々学びがありそうだ。

「にしてもよ。私、自分の生活を良くするためにあんたの生活貰うのよ？　貴重な時間をよ？　私と一緒にいることにメリット覚えてもらわなきゃ、こんな関係到底成り立たないわ」

……滅茶苦茶な要求をしてきたかと思えば、変なところで真面目なやつだ。

しかし、あまり対価というのは考えてほしくなかった。

これから一緒に過ごすのなら、あくまで対等な関係がいい。そうでないと、俺と柚木が積み上げる時間が偽物になる気がする。

恋人という関係は〝偽物〟でもいい。

だが、そこで積み上げる時間は〝本物〟にしたかった。

……柚木はそれでは納得しないだろう。

かといって打開案は何も思い浮かばない。

先程のやり取りから勉強などはその対価に入らないらしいし、それ以上となると選択肢は限られてくる。

彼女に何を頼めば、対等な関係を保ったまま本物の時間を積み上げられるだろうか。

これから柚木と恋人になった話が回れば、きっと本当の恋人を作る難易度は上がる。せめてその補塡だけはしてもらいたいというのは、柚木にとっては些か小さな要求だろうか。

そこまで考えを巡らせると、一つの案が頭に浮かんだ。

……これなら柚木に余計な罪悪感を抱かせずに済む。

「――なら、俺に好きな人ができたら協力してくれよ」

そう言うと、柚木は目をパチクリさせた。

「今じゃなくて？　そんなのいつの話になるか分からないじゃない」

「そうだ。俺は今から高校生活の一部を無償でお前にやる。だから、柚木もいつか俺と同じように時間をくれ。時間同士のやり取りなら、それが一番平等だろ」

時間は人に捧げる手段が容易で、最も貴重なものだ。

莫大な資産を持つ人間が最後に求めるのは時間の延長と相場は決まっている。

時間同士のやり取りなら、柚木も納得してくれるに違いない。

思惑通り、柚木は首を縦に振った。

「将来ってことね。……いいの？　そんなに私を信用しちゃって。時間は確かに貴重だけど、同時に不確かよ」

……不確かでいい。不確かで、大きな対価でなければならない。

大きな対価でなければ柚木は納得しないだろうから、これしかない。

時間は俺にとっても貴重なものだが、柚木の罪悪感が無くなるのなら背に腹はかえられない。

「おう。色々教えてくれよ」

俺は嫌いな人に時間を費やすほどお人好しでもなければ、無関心だった人に時間を費やすほど広範囲に興味を抱く訳でもない。だから俺は五組でも孤立気味だ。

そんな俺が柚木に時間を捧げようと思ったのは、以前から興味があったからに他ならない。

柚木真波は際立つ個。

この人となりが一体どこから生み出されているのか、それとも俺の勝手な色眼鏡か。

確かめたいと思ったから、柚木真波と一緒にいる選択肢を取ったのだ。

「……お安い御用よ。私に任せておきなさい」

柚木真波が頬を緩める。

今日の選択が、この先どう人生に関わっていくのかは分からない。

プラスに働いているだろうか。

マイナスに働いているだろうか。

それとも、何の影響も及んでいないだろうか。

現時点では想像の範疇を出ないけれど。

できれば今日という日が、感謝できるようなものへ昇華していますように。

弾けるような白い肌に目を細めて、俺は校庭に視線を移す。

掛け声とともに走る集団が二つ。

あの中に、柚木のかつての友達が混ざっている。

……俺は、あいつらのようにはならない。

柚木真波と付き合うという選択を取る以上、俺だけはあいつらのようになってはいけない。

紅く染め上がる空の下、俺はそう決意した。

☑第6話　恋愛指南

ファミレスでたらふく食べた俺と真波は、道すがら暫くお腹を押さえてうめいていた。

「恋愛指南その四くらい……こんなにお腹一杯食べないこと……」

……真波の声色に哀愁が漂っているのは気のせいだと信じたい。

食事中はプライベートの時間だったのだが、他愛のない雑談で盛り上がりすぎてサイドメニューを摘む時間が長引いてしまった。

結果としてメインとなったピザやドリアの他に、フライドポテト、手羽先チキン、生ハム、最後にデザートのティラミスが胃に入る顚末となり、一時的に身体が重くなった俺たちはこうしてゆっくり歩かざるを得ない。

真波の声にはそんな暴食への悔恨の念が宿っている気もした。

「一つ一つのメニューが安いとこんなに食欲湧くんだな……デートとなると、確かに俺には不向きだ」

食に対して自制心の欠ける俺では、七野の前でも同じ行動を起こしかねない。

一般論がどうかは不明瞭だが、ひとまず〝ファミレスに行くな、行くとしても予約したと言うな〟という真波のアドバイスには従った方がいいだろう。

真波はお腹をさすって、盛大に溜息を吐く。

「あー、すんごい量食べちゃった……今日の夜から我慢しないと」

「そんなダイエットが必要には見えないけどな」

ベージュのミニワンピースに白のワイドパンツというコーデからは、相変わらずスタイルが良いという感想しか出てこない。

周りの目を気にしすぎる人なら、隣で歩くのさえ憚られるに違いない。

「今の服装から見えてないだけよ。夏なんて特に分かりやすいんだから、そこらへんシビアなの」

「……シビアね」

他の季節と比較して薄着だからということだろうか。

考えてみれば夏には水着という女子にとって最大の試練が待っている。その状況下でファミレスで暴食すると、溜息の一つも吐きたくなるのは当然かもしれない。

「悪いな、付き合わせて」

俺が謝罪すると、真波は目を瞬かせる。

「はい？　なんでアンタが謝ってんのよ。私の自制心が足りなかっただけなんだけど」

「いや、その自制心を揺るがしたのは俺かなと」

そう言った途端、俺の二の腕がムギュッとつねられた。

胸が高鳴るようなスキンシップではなく、単に痛覚を刺激されるだけのつねり方だ。俺は思わず「いでえ！」と声を上げて、真波から離れた。

真波は何故か不機嫌そうに鼻を鳴らす。

「なめんな。私、アンタに影響されたことなんてないから」

「いや、別にそんなつもりは……」

言いかけた時、懐かしい記憶が甦る。

偽の恋人時代は今よりお金が遥かに少なく、二人でご飯に行くといえばファミレスからーメンの二択だけだった。

そして真波はファミレスの時、決まって俺と同じ量を注文していた。

無理して合わせなくてもいいと提言した際、真波はこう答えたのだ。

──アンタがあまりにも美味しそうに食べるから、釣られるのよね。

……今しがたの発言は、かつての言葉を撤回するためのものだったのかもしれない。

もっとも、俺の考えすぎという線が濃厚ではあるけれど。

ひとまず話を転換しようと、口を開く。

「でも、お昼はカフェの方が無難ってアドバイスはありがたいよ。俺の性格を知ってる人から聞く分、信頼できる」

　いつの間にか立ち止まっていたので、目的地を目指して歩を進める。真波も「そう？」と短く答えて、大人しく付いてきてくれた。

「ま、そうね。私からのアドバイスは、アンタ専用のものって認識してもらえたらありがたいかな。それなら私も遠慮なく言いまくれる」

「今まで遠慮してたのかよ」

　それにしては数々の厳しい問答があったように思える。

　しかし真波が苦笑いをしたので、本当に遠慮していたことを察した。

「だって私、〝恋愛マスターです！〟って宣言できるほどの経験ないもの。口説かれた経験は明らかに、明らかーに他の同年代より多いけど……それだけで女子代表みたいな言葉を吐けるほどの自信はないわね」

「めっちゃ強調したな。言われなくてもお前がモテるのは知ってるよ」

　それが原因で偽の恋人なんて関係を形成したくらいだ。

　真波がモテるのは、本人を除いたら恐らく俺が一番知っている。

「にしてはアンタ、昔から緊張感ないのよね。隣に歩いてるのが私だっていうのに」

「当たり前だろ。最初に色々覚悟決めて付き合ったんだよ。今はそれが根付いた結果だ」

　俺が言うと、真波は「ふうん」とつまらなそうな声を出した。

「あっそ。どうでもいいけど、本題から話逸らさないでよ」

「あなたが逸らしたんですけどね？」

理不尽極まりない発言に思わず反論したが、真波はどこ吹く風で続けた。

「だからまあ、私のアドバイスが女子の総意なんて勘違いしないようにね。これから始まるのは、あくまで今のアンタ専用の恋愛指南。信じるかどうかは自由だけど、この先何年も継続して使えるものとは思わないように」

真波の忠告にドキリとした。

俺は今、二十歳という節目の年齢に立っている。

恋愛指南がこの先の指標となり得ると感じていたが、真波はその意識を見抜いていたのかもしれない。

言われてみれば、社会人になってからの恋愛はまた違ったものが必要になったり、逆に不要になるものもあるという考えの方が道理にかなう。

これから過ごす真波との時間は、俺がこの大学生活で好きな人と付き合うためだけのもの。

俺が今一度胸に刻んでいると、真波は目を瞬かせた。

「……ミスった。これだけ忠告重ねちゃったら、逆に私を信用しづらいわよね」

「え？」

「信じるかは自由って言った手前なんだけど、私も協力するからには信用してほしいっていうか。そうね、どう言えばいいかしら」

真波はぶつぶつ呟いた。

俺としては既に真波を信用しているけれど、それを伝えても彼女は納得してくれなそうだ。

それなら次に出てくる言葉を聞き届けるのが無難だろうと待機していると、やがて真波は口を開いた。

「──アンタのことは、私が一番よく分かってる」

二人の間に緑葉を乗せた風が吹き抜ける。

俺は拳を真波の眼前まで伸ばして、勢いよく返事をした。

「了解です、先生！」

真波は目をパチクリさせて、プッと吹き出す。

「普通にハイタッチで良いのに、なんでグーなのよ」

「……もしかして、これ男子同士でしかしないやつ？」

「どうだろね。ま、関係ないか」

真波はコツンと、拳を当てた。

「ちゃんと、約束は果たすから」

真波の表情に、一瞬翳(かげ)りが見えた。

……約束。

先日真波が大学にお金を返しに来た際に言っていた、対価だろうか。

それとも……あの屋上で交わしたものだろうか。

青い春の日が甦る。

もし真波があの約束を覚えているのなら、気に病まないように言っておきたい。

「真波。俺は別に、高校時代の約束が生きてるとは思ってない。あの時の俺が、やりたいようにやった結果だからな」

念のために告げると、真波の眉がピクリと動いた。

「……なんだ、アンタも覚えてたのね」

「まあな。恋愛をプロデュースって、高校時代俺が頼んでたやつだよな」

「そうね」

真波は短く返事をして、続けた。

「借りが重なってるし、対価の内容も同じようなものだから……本当はもう一つ、私はアンタに何かしなくちゃいけないの」

「いらねーよ。纏めて返してもらったって解釈しとくから」

「ううん、それじゃダメ。高校の時の約束は残しとく。内容を改めて考えておくけど」

……どうやら、こういう場面の頑固さは変わらないようだ。

真波は口角を上げて、言葉を続けた。

「じゃ、今からの恋愛指南はぼったくりの方の対価ってことで。暫くアンタの利になるように動くわ。こうして私たちが再会したからには、きっとそうしなくちゃいけないのよ」

拳を離した真波は、雲一つない空を見上げた。

俺もそれに倣ったが、眩しさに負けてすぐに顔を伏せる。

「オカルトか？」

「ううん。私がアンタとの再会に……何かしらの意味を与えたいだけかも」

「意味？　なんでそんなこと思うんだ」

「だって、アンタさ。——全然変わってないんだもん」

夏に似つかわしくない、静かな口調だった。

長髪に隠れているため、隣からは真波の表情を窺うことはできない。

しかし今しがたの言葉は真波の奥底から出たものだという確信があった。

言語化できない感覚的な確信。

屋上で抱いたものと同質なら、的中率は五分五分だ。

いや、恐らく本当に。

「ふふ、なに見てんのよ」

「えっ」

真波が前髪を耳に掛けると、目が合った。

前髪に覆われていて気が付かなかっただけで、真波はずっとこちらを見ていたのだ。

俺の挙動が筒抜けだったことに気恥ずかしさを覚えていると、真波は控えめに笑う。

「今更見惚(みと)れないでよね。私にドキドキしちゃうのは仕方ないけど」

「……へえへえ」

懐かしい冗談だ。

そう思えるくらいには、俺たちは同じ時間を共にした。

俺はこともなげに肩を竦(すく)めてみせる。

真波は「やっぱりアンタには通じないわね」と、面白そうに笑った。

初めての恋愛指南を受けてから一週間が経(た)った。

昼の暑さは増していくばかりだが、夜は風が吹いているのもあり、まだ涼しさを僅かに残している。

とはいえ既に冷房無しでは寝付きづらいし、日中の飲食は屋内であることが必須だ。

例に漏れず、俺は屋外の自販機で微糖コーヒーを購入した後すぐに校舎内へ逃げ込んだ。

四限目までの休み時間。

次の講義に備えて校舎で一人ベンチに座り、コーヒーで喉を鳴らす。

決してボッチという訳ではない。

次の講義を一緒に受ける友達がいないだけ。履修登録が友達と被って（かぶって）いなかっただけだ。

寂しくない。

決して寂しくはないが、俺は今後のことを考えようと思考を巡らせた。

二回目の偽デートを、今夜に控えている。

夜といっても夕方の十八時からの二時間ほど。

一回目に続き今回も短時間で区切りをつけるのは、あくまでこれが偽デートだからだ。

恋愛指南の時間だけを重視して、寄り道は排除するつもりだ。そうすれば、お互い効率良く済ませられる。

……真波が本物の元カノだったら、こんな身勝手な形式の恋愛指南なんて望めないに違いない。

あくまで対価という名目があるからこそ、この不思議な時間が成り立っている。

それに真波は、俺の女子を前にした挙動などを友達や家族よりもよく知っている。

真波は「アンタのことは私が一番よく分かってる」と宣(のたま)ったが、恋愛に限れば間違いない。

高校時代の関係が、まさか大学生になって活(い)きるとは。

予鈴が鳴って、俺は思考から引き戻される。

移動時間を含めると、休める時間なんてあまり無い。

俺は慌ててコーヒー缶をゴミ箱に捨てて、講義室へ入った。

講義が終わると、俺は五限目の講義室へ向かう。

今日は一限目から五限目まで全て講義を入れている、俺にとって最も嫌な水曜日。

皆(み)んな一日に四つの講義程度のスケジュールに抑えている理由が分かる。能動的に五つの講義を入れると決めた時の自分を恨んでしまうから。

履修登録する際はあれだけ満ちていたやる気も、今は何処(どこ)かへ霧散していた。

今はただ、就活に差し支えない単位数を早めに確保するためだけに講義室へ赴いている。

就活のことなんて、できれば微塵(みじん)も考えたくはないけれど。

げんなりしながら図書館の横を通り過ぎると、見覚えのある影が視界の隅で動いた。

図書館の方向。

横に目をやろうとした瞬間、心地いい声が飛んできた。

「やっほーガッサ〜」

——七野だ。

こちらにトタトタと小走りで近寄ってくる。

俺は思わず立ち止まり、ぎこちなく手を挙げた。

ドクン、と心臓が高鳴った。

……この数秒で確信した。

やはり七野に対する気持ちが再燃してしまっているようだ。

きっかけなんて本当に些細なもの。だからこそ、こうなる可能性は常に潜んでいたといえる。

「ガッサー、今から帰り？　私図書館で資料集めするんだけどさ、都合良く空いてたりしない？」

「い、いきなり都合の良い男扱いすんな！」

俺が思わず抗議すると、七野は目をパチクリさせた。

しまった、七野を再び好きになった直後だったからつい。

「いきなりって、いつもじゃん」

「その弁解はおかしくない⁉」

「弁解もしてないんだなぁこれが」

「確かにそうだわ、開き直ってるの間違いだった」

「女の子に酷(ひど)いんだ〜」

七野はいつもの応酬にクスクス笑う。

……あれ、意外に喋(しゃべ)れる。

「どーしたの、変な顔して」

「元々ですけど何か」

「ごめんなさい」

「謝んなフォローしろ！」

つっこみながら、俺は安堵(あんど)していた。

好きになると挙動不審になってしまうかと危惧していたが、この年齢になればさすがに大丈夫らしい。

俺と七野の間には、ただいつも通りの愉(たの)しい時間が流れている。

「そういやガッサー、この前大丈夫だった？　家帰った後吐いたりしなかった？」

「あー、その節は。ギリギリ大丈夫だったよ、ありがとう」

「なんだぁ」

「何で残念そうなの？　吐いててほしかったの？」

「その通り！」

「否定しろ！」

七野は肩を揺らして笑って、ごめんごめんと謝った。

「冗談だって。それで、どう？　ガッサーは今から空いてるかな」

「急に流されると困るんだけど。……空いてないな、残念ながら」

「そうなんだー、残念。じゃ、またね～」

「うぉぉ、ちょい待って。もうちょっと話そうぜ」

去ろうとする七野を呼び止める。

いつもならそのまま帰すところかもしれなかったが、七野は気にした様子もなく、すぐに立ち止まってくれた。

俺がただのサークル員だったら、きっと七野は制止する声に構わず、和やかな笑みとお辞儀でもしながら去って行っただろう。

それが分かっているからかもしれないが、立ち止まるという行動一つだけでますます好きになってしまう。

他人との関係性と比較するのは褒められたものではないかもしれないが、やはり特別感を覚えるのは嬉しい。どうしようもなく、嬉しい。

七野は中々話し出さない俺に、小首を傾げた。

「なーに。呼んだだけ？」

「……おう。呼んだだけ」

「何それ、変なの！　何かあった？」

「なんもねー。じゃーまたな」

「あはは、ほんとに終わりなんだ？　変なの、またねっ」

七野は笑いながら手をヒラヒラ振って、図書館の方へ歩いて行った。

遠くなっていく小さな背中を眺めながら、俺は思った。

――ああ、何かあったさ。

これ以上話すと、心臓が保たない。

◇◆

「聞いてんの？」

隣に歩く真波が、俺に訊いてきた。

「ばり聞いてる」

「じゃあ私が言ったこと復唱してみて」

「ばり聞いてる」

「それはアンタの発言よ！」

真波は俺の肩をバシンと叩く。

割と痛かったが、まあ叩かれて当然だ。

「ごめん、七野のこと考えてた。もう一回言ってくれ」

「何かそれ言われると怒りづらいわね……」

真波は歯痒そうな顔をしてから、諦めたように溜息を吐いた。

「前みたいにぼったくられたら、間違いなくプラスにはならない。オススメのサイトのURLをラインに送信しておいたから、飲食店はこの中からピックアップしておきなさい。って言ったの」

「ありがたき幸せ!!」

俺はすぐさま歩道の脇に逸れて立ち止まり、スマホを起動。ラインで真波のトーク欄を開く。

復唱させるには長すぎる文言だったが、この際どっちでもいい。

今は偽デート夜編。

俺は先週のお昼編より気合いを入れていた。

終わり良ければ全て良しというし、デートの終わり際に近い夜の方が重要度は高そうだと思ったからだ。

そのため高速で真波から送信されたサイトを閲覧していたのだが、ふと気になることができた。

サイトに載っている飲食店が、どれも俺と縁遠いお洒落なお店なのだ。

初デートや二度目のデートで使えても、こんなお店を選び続けられる自信がない。

一旦そう思ってしまうと、マイナス思考に陥ってしまう。

「なあ……やっぱ背伸びしない方がいいんじゃないかなって思い始めた」

「え？」

「ファミレスでも思ったんだよ。背伸びしても、続かなかったら意味ないなって」

「それは――」

「分かってる、初デートで夜にファミレスを予約じゃさすがに七野も振り向いてくれないと思う。でも、分相応のお店があるっていうかさ」

真波とぼったくられたお店だって、俺からすれば初めてのような場所だった。サークルや友達との飲み会は大衆居酒屋ばかりだし、日頃の俺に見合っていないと思わざるを得ない。

しかし、真波はかぶりを振った。

「アンタが今、デートという分野で成長期だとするでしょ？」

「え、やっぱ俺期待の星？」

「今が底だから上がるしかないって考えね」

「もうちょっと言葉選んで!?」

俺はごねたが、真波は気にせずに続けた。

「子供の頃、身長測る時ちょこっとだけ踵（かかと）浮かせたりした経験ある？」

唐突な質問に驚いたが、真波の面持ちは真剣だった。

俺は喉まで出かけていた言葉を飲み込んで、素直に答えた。

「ないけど」

「そう。私はあるの」

「卑怯者（ひきょうもの）だ……」

「うっさい」

真波はジロリと睨（にら）んできたので、俺は早口で「すみません」と謝る。ビビった訳ではない。

「まあ、当時の私なりに理由があってね。どうしても小学校を卒業する前に節目の身長に到達したくて、六年生最後の身体測定の時だけ踵浮かせたのよ」

「へえ」

「でもね、時間が経つにつれて私も成長して浮かせた分の差は無くなった。……何が言いたいかっていうとね、ここぞって時だけは、今後自分が追いつけるくらいの背伸びをしても良いと思うの。その先に、自分にとってどうしても欲しい結果が待ってるならさ」

すとんと言葉が腹に落ちる感覚。

「大丈夫よ、アンタはここから上がるしかないんだから。背伸びした分くらい、すぐに実力も追いつくわ」

真波は俺に笑いかけた。

……励ましてくれたのか。

口には出さないけれど、やっぱり真波は――良いやつだ。身長は盛るけれど。

「分かった、背伸びしてお店選ぶわ。実力がついてくることを祈る」

「ええ、安心しなさい。何せ私がついてるんだから」

「心強いけど認めたくないこの気持ちはなんだろう」

「答えは嫉妬心。元カノが凄かったら大変ね」

「違いますけど⁉」

自分の沽券に関わるので全力で否定する。

しかし真波はそれを無視して、思い出したかのように告げた。

「あとできれば集合時間より早めに行って、場所だけ確認しておきなさい。迷って焦ってるところ、七野さんに見せたくないでしょ？　ていうか私が見てほしくない」

「ありがとう！　最後の発言だけいらなかった！」

俺がお礼を言いながら不満を垂らすと、真波はケラケラ笑う。そして再び歩き出して、訊いてきた。

「ところで、目的地にはいつ着くの？　てか、今更だけどどこ向かってるの」

「着いてからのリアクションを参考にするから、まだ教えない」

桜丘（さくらおか）駅から出発して、既に結構な時間が経つ。

万歩計を装着していたら恐らく四、五千歩を示しているはずだ。

先週真波は「女の子を歩かせすぎないように」という旨を口にしていたが、早速そのアドバイスに反してしまっている。

恐る恐る横に視線を移すと、かつての暴君――ではなく、上機嫌な大人の真波がそこにいた。

「……怒らないのか？」

「え？　なんで」

真波はキョトンとして、首を傾げた。

その仕草で耳に掛かった髪が外れたのを視認したが、それを伝える前に真波が口を開く。

「私を怒らせるような行動してたの？」

「いやそういう訳じゃないんだけどさ。先週アドバイス貰ったばかりでこんなに長く歩かせてんのに、何にも言わないなって」

「あー、そういう」

真波はあっけらかんとした声色で返事をした。

「そんなの時と場合によりけりよ、目的地によっては徒歩でしか行けない時もあるし。私がこの前指摘したのは、目的地が飲食店だったからよ」

「それ関係あるのか？」

「ある。飲食店は選択肢が沢山あるんだから、距離だってある程度選定できるでしょ？逆に映画館とかならこの辺りじゃ選択の余地がない。そういう場合は、気にしたって仕方ないわ」

……確かにそうだ。

危うくデートに徒歩厳禁という特級の縛りを自分に課すところだった。

「さんきゅー。勉強になった」

「どういたしまして。私はこういう散歩が結構好きだし、七野さんも同じだといいわね」

「散歩が好き？　真波が？」

真波の高校時代には無かった趣味だ。

というより、高校時代に散歩が趣味だと宣う人間は皆無だった記憶がある。

「最近散歩が趣味ってＳＮＳのプロフィールに書く子多いでしょ？　知らないの」

「知らなかったけど、そういうやつ多いのか。散歩が趣味って、真波そんなに気にしてんのかと思った」

「……念のため訊くわ。何を気にしてるって？」

「いや、だって今スタイル良――」

瞬間、頭頂部付近にお馴染(なじ)みの掌(てのひら)が飛んできた。

スパーンという小気味いい音と一緒に口から空気が漏れ出して、「おうふっっ」と情けない声が出る。

車道との間に立つガードレールに手をついて、俺は頭を押さえた。

「これはアドバイスでもなんでもないけど、そういう類の発言は私だけにしなさいよ。他の人は許してくれないから」

「今スタイル良いのに気にする必要ねえじゃんって言おうとしてたんだけどな！」

「あ、そうなの？　じゃあ許す」

「俺は許しませんけど!?」

今後の身のために抗議したが、真波は肩を竦(すく)めるだけだった。

「ま、基本女子のスタイルに言及すること自体がエヌジーよ。私は今自信あるから大丈夫だけど。そう、私は今自信があるの」

「あーはいはい」

「流すなそこ！」

サークル飲みではスタイルに関する話題でたまに盛り上がるグループもあるが、それは関係性が築けているからか、それとも誰かが我慢しているからか。

想定の相手が七野なら、慎重になって損はない。

それは七野のスタイルがどうとかではなく、人柄の問題だ。飲み会で阪本さんが七野に胸の話題を振った時の空気は忘れられない。

俺は思い出を頭の外に放り投げて、話題を戻した。

「なんで散歩が趣味っていう人増えてるんだ？」

「チルい日を実感できるからじゃない？」

「へ、チル？」

聞き慣れない言語におうむ返しをすると、真波はバツの悪い顔をした。

「ゆったりとかそういう意味。今のはごめん、私が悪い」

「びっくり、日本語だったのか」

「いわゆる若者言葉ね。後輩がよく言うから移っちゃった。あー侵食されてる、今の聞かなかったことにして」

「大袈裟だな。エモいとかそういう言葉なら俺も使うし、普通だろ」

物事に感動した際に使用される機会の多い、若者の七つ道具『エモい』。

それと同じような言葉『チルい』とやらを覚えておくため、俺はスマホにメモをする。

「いや、こんなのメモしなくていいから。やめてよ」

真波は恥ずかしそうに顔を赤らめて、俺からスマホを取り上げた。

——その瞬間だった。

耳に馴染みのある着信音が鳴り響く。

着信音は真波の手元にある俺のスマホから鳴っており、久しぶりに聞く音に驚きながら身振りで返却を求めた。

さすがの真波も素直に応じて、掲げていたスマホを下ろす。

そこで着信音は鳴り終わり、真波は目をパチクリさせた。

「間違い電話かしら。随分早く切れたけど」

「だろうよ。返してくれ」

「なんですって。もう一回言ってみなさい」

「普通のこと言っただけですけど！」

俺が抗議すると、真波はくすくす笑ってスマホを返してくれた。

通知欄から発信相手を確認してみる。

大方、親か妹、そんなところだろう。

しかしそこには意外な名前が表示されていた。

「——七野からだ。珍しいな、あいつが電話なんて」

普段は七野から電話が掛かってくる機会は殆（ほとん）どない。

毎日メッセージを一、二通交わすだけで、七野とのコミュニケーションは対面が主だ。

俺としてはこれだけ会う仲ならばたまに電話もしたいと思ってしまうのだが、七野はそうではないらしい。

とはいえ七野は俺と喋（しゃべ）りたいからと、講義が被（かぶ）っていない日も食堂やカフェへ誘ってくれる。実際今日も、直接図書館へ誘ってくれた。

ある日何故（なぜ）電話はしないのかと訊（き）いたら、ＳＮＳに消極的な理由と同じだった。

——私、生で話したいんだよね。理由はそれだけかな？

そんな性格の七野だからこそ、この着信履歴を見た瞬間は緊張感が走っていたのだが。

「……間違い電話ね。出る前に切れたんだから」

あっさりと言ってのける真波に、俺はかぶりを振る。

「まだ分からないだろ。もう一回掛かってくるかも」

意地になって、その場で数十秒佇（たたず）んだ。

暗転した画面を凝視し続ける。

ジリジリとした暑さに汗が湧き上がってきた頃、ついに真波が言った。

「……もういい？」

「………はい」

恐らくメッセージの返信をする際、何らかの拍子に押し間違えたのだろう。

気温は高いのに、何だか体温が下がった気がする。

真波は気の毒そうな顔をして、俺の肩に手を乗せた。

「諦めたらそこで試合終了よ。本当に間違い電話だったのか、確認のラインをしてみましょう」

「……そうだな。なんて訊けばいい？　〝今俺に電話したよな、どうしてだ。どうして出る前に切った〟でいいか？」

「重すぎるわ！　アンタ正気⁉」

「これが正気でいられるか！　よし送るぞ！」

「ばかやめなさい！　正気に戻るまでこれ没収！」

再び真波がスマホを取り上げる。

彼女の迅速な対応に攻防戦にも発展せず、俺のスマホはまたあっさりと手元を去ってしまった。

項垂（うなだ）れていると、真波は呆（あき）れたような声を出す。

「こんな余計な行動で少ない脈をゼロにしてどうすんの。今日の私との時間を無駄にしないでよね」

そう言われては返す言葉がない。

少ない脈と真波に明言されるのは何だか反論したくなるが、俺は今教わる身。

当初の目的を思い出して、自分の両頬にパチンと掌を当てた。

「ごめん、気が動転してた」

「しすぎよ。ったく、驚かさないでよ」

真波は小さく息を吐いてから俺にスマホを返却し、辺りを見渡した。

人通りの多いこの場所は、昼休みが始まりたての大学内くらい混雑している。

ここまで来ると、真波も目的地が何処かを察したようだ。

この地域で有数の規模を誇る、ショッピングモール『Garden』。

数万平米もあるスケールの大きさと内装のお洒落さを兼ね備えており、若い女子からも相当の支持を集める人気スポットだ。

「着いたぜ！」

俺が北館一階前で両手を広げると、真波は感心したように頷いた。

「へえ、なるほどね。アンタのことだから、もっとトンチンカンな場所に案内されるかと思ってた」

「失礼なやつだな。俺がデートでトンチンカンな場所に連れて行くと思うか？　そんな人間に見えるのか？」

「思います見えます」

「よーしデスノート持ってこい」

俺の返事に、真波は構わず先に歩を進める。

そして自動ドア前に着くと、案内図に視線を投げた。

『Garden』にはファッション店舗や雑貨屋や家具屋が数多く点在しており、最上階には夜景を楽しめるレストランが集まっている。

このご時世はネットの力により、こうした人気のデートスポットがあっさり調べられてしまう。俺のような学生にとってはありがたい話だ。

まあ『Garden』は有名なので、慣れている人からしてみれば調べる必要もない。

だが俺が初デートというタイミングで此処を選択できるのは大きい。真波がいなければ、本当にトンチンカンな場所を選んでしまう可能性も、なきにしもあらずだった。

……先週のようなヘマはもうしない。

そう誓っていると、何の拍子か真波と掌がパチンと重なった。

熱も伝わらないような、ほんの一瞬の時間。

真波はすぐに手を引っ込めて、口を開いた。

「うっ」

「おい、その反応はやばいだろ。傷付くぞ」

「……じょ、冗談よ。きっとね」

最後を濁すな。

そうつっこもうと思ったが、先に訊きたいことができた。

「仮に俺が今、手を繋ごうとしていたとして。タイミングとしてはどうだ？」

「０点」

真波がやれやれと首を横に振って、先にショッピングモールへ入っていった。

大学の正門ほど幅のある自動ドアに向かう真波の背中を暫く眺めて、俺は後を追いかけた。


西洋風の内装が視認できないほど奥まで広がっている。

三階まで吹き抜けになった天井からは豪勢なシャンデリアが吊るされていて、数メートルの高さを誇る独創性に満ちたオブジェは此処が外の世界から隔離された空間であることを示していた。

エスカレーターで階層が上がるたびに異なる個性を感じ取れて、冷房も行き届いているため、散歩するだけでも相当楽しめそうだ。

『Garden』は比較的価格帯の高い店舗が集まっていることから客層が絞られており、それが独特の空気を漂わせていた。

「相変わらずスケール大きいところだな」

北館から東館へ移動しながら呟くと、真波も同意した。

「平日なら人も疎らだし、学生も多いから緊張はしないでしょうね。休日は混み合うけど」

真波は辺りへ視線を巡らせた。

此処には唯一のフードコートが広がっていて、中高生たちの財布でも気軽にご飯を楽しめる場所になっている。

この『Garden』は階層が上がると少し価格帯が上がるのだが、映画館が最上階にあるため、年齢層に関係なく上階へ移動する口実がある。

だから俺たちのような学生でも、ウインドウショッピングがしやすいというメリットがあった。

「カフェもいくつかあるし、選択肢がこれだけ多いとここだけで一日潰せちゃいそう。緑が綺麗な中庭もあるし、初デートには結構向いてる場所なんじゃないかしら」

よし、場所選びは合格点を取ったと考えていいだろう。

ただしそこで何をするかが最も重要なので、喜んではいられない。

「ところで今どこに向かってるの？　映画館？」

「いや、映画じゃない。初デートで映画は何か勿体ない気がして」

初デートで定番と名高い映画デート。

その理由は映画の感想を言い合えば気まずい時間が流れないとのことだったが、俺はそれに懐疑的だった。

何故なら俺は映画を観ても「面白かった！」しか言えないタイプだ。仮に七野が同じタイプなら、二時間の映画を観た成果は二言の応酬となってしまう。そちらの方が気まずいし、何より俺はデートであろうと特に気張らずに雑談をしておきたかった。

七野自身、俺と過ごす時間で最も愉しそうな表情を浮かべるのは他愛のない雑談をしている時だ。

初デート相手が七野優花と決まっている以上、その雑談の時間を増やしておきたい。

しかしいつも通りすぎてはデートになりそうもないので、ここからは真波の助言が必要だ。

「今から連れて行くところ、見ててくれ。俺専用の恋愛指南頼んだ」

「うん、了解」

「あざす」

お礼を口にしたところで東館へ辿り着く。

俺は一旦立ち止まって、辺りを見渡した。

　このショッピングモールは四つの建物に東西南北の名が割り振られており、此処は東館一階。

　真波は少々驚いたように目を瞬かせる。

　それもそのはずで、東館は一階化粧品エリアだからだ。

「ここ？」

「おう。女子の買い物に付き合う男子ってのがポイント高いんだろ。それができることを見せたいなって」

「ネットで調べたでしょ」

「ちげーよ、生の声だ」

　以前の飲み会で、梨奈先輩が熱く語っていた記憶がある。

　――自分の好きなものに共感してくれる人が良い！

　それは男である俺だって思うし、男女共通の欲求といえるかもしれない。

　真波は指を顎に当てて思案していたが、やがて頷いた。

「うん、良いわね。お店の前で待ってくれるのが悪いわけじゃないけど、自分にしか利のない買い物にも喜んで付いてきてくれる人ってかなりポイント高いかも」

「よっしゃ！」

　俺はガッツポーズをしてみせる。

飲食店を真波が教えてくれたサイトで決めたら、晴れて七野と一日デートする準備が整う。

あとは当日、会話をいつも通りに盛り上げるだけだ。

「ありがとな、これで七野をデートに誘える。じゃあ今から、服屋に——」

「こら、待てぃ」

俺の首根っこがむんずと摑まれて、二階へ繋がるエスカレーターに乗り損ねる。

「なんだよ」

「服はあとで選んであげる。今から化粧品売り場の雰囲気だけでも見ておきなさい。いきなり本番は結構ハードル高いと思うから」

「ええ。お前買いたいものとかあんのか？」

「あるわよ。リップ買いたいからついてきて」

真波はそう言って、颯爽と化粧品売り場を目指して歩いて行った。

急いで追いかけると、慣れない匂いが鼻腔をくすぐった。

生暖かくも甘い、人工的な女性の香り。

辺りの雰囲気も、馴染みのない類のものだと感じる。

様々なブランドがあちこちに点在していて、カラフルな化粧品が並んでいる。

さしずめ、異世界だ。

　真波に連れられて歩いていると、男の俺でも上品に思えるような色が多くある。真波も愉しそうに口元に弧を描いていた。

「化粧品好きなのか？」

「そりゃ好きだし、同時に必需品。もう大学生よ？」

　ベージュの大理石模様が特徴の床を歩いていると、心なしか視線を感じる。

　化粧品売り場は圧倒的に女性比率が高く、正直落ち着かない。

「……男が俺しかいないんだけど」

「そうね。たまにカップルがいるけど、普通は男性の来る場所じゃないし。だからこそついてきてくれるような人はポイント高いのよ」

「でもここまでとは……確かに来ておいてよかったわ」

　これが真波の言う場慣れなら、かなり意義のある時間だ。

　七野の前で挙動不審になるところだった。

「な、他にポイントゲットできそうな言動ってある？」

「んー、そうね。色々ものを教えてくれたり——」

　俺の問いを受けて、真波は化粧品から視線を外す。

「この場だと、化粧品を褒めてくれると嬉(うれ)しいかも。でも内容に詳しすぎると女の影を感じるから、あくまで商品の外観だけに留(とど)めてほしいかな」

そこまで言うと、真波は目をパチクリさせた。

「ま、アンタは心配ないか」

「余計なお世話だ！」

「あはは、ごめんごめん」

真波は軽く謝ってから、また化粧品に視線を戻した。

しかし総括してみれば、そこそこ参考になる意見だったように思える。

やはり今でも他の男から口説かれる機会は多いのだろう。

簡単に靡いている姿があまり想像できない分、説得力がある。

真波が屈んで、下部の棚に並んでいるリップを一つ一つ手に取っていく。何となくその姿を眺めていると、襟元がはだけて下着が視界に入ってしまった。

高校時代より明らかに豊満になったそれを見続けたい欲求に駆られる。しかしバレた時に何をされるか分からないと言い聞かせて、欲求に抗い視線を逸らす。

「ねえ」

「はい！」

背筋を伸ばすと、真波は怪訝な表情を浮かべた。

「なにその返事。私は部活の顧問か」

……軽口で応じるあたり、不可抗力で下着を見てしまったことがバレた訳じゃないようだ。俺は内心で胸を撫で下ろして、「どうした」と短く返事をした。

「うん。そういえば、今日アンタから褒められてないなって思って」

「はい？　褒められたいお年頃？」

俺がげんなりした顔をすると、真波は眉を顰めた。

「そこ、勘違いしない！　アンタに褒めてもらいたいんじゃなくて、アンタがデート相手を褒めてないことが問題なの！」

「ええ、何かキモいとか思われないか心配」

「……ちなみに褒めるとしたらどう褒める？」

「今日も可愛い」

「不合格。チャラい。キモい。アンタのキャラに合ってない」

「ほらキモいって言った!!　もう嫌だ絶対褒めない！」

俺が化粧品売り場から離れようと歩き出したが、真波は止めることなく、後ろに付いてきた。

数十秒かけて踊り場まで出ると、真波は「ここなら良さそうね」と言って背中から服を掴み、俺を引き留める。

……毎度引き留め方が強引すぎるのは気のせいだろうか。

傍にあったベンチに二人で腰を下ろすと、真波は俺の方を向いて口を開いた。

「アンタ、今日のネックレス似合ってるわね」

「えっ、サンキュー」

俺は思わず自分の首元に手をやった。

今日のコーデは白シャツに黒パンという無難中の無難なものだったが、シルバーのネックレスだけが唯一のお気に入りだった。

服選びのセンスに欠ける俺は長い間アクセサリーに手が出なかったが、ネックレスを掛けるようになってからは外出するのが少しだけ楽しくなった。

初めてそれを自覚した際は、女子がお洒落する意味が分かったと思ったものだ。

「嬉しいでしょ？」

「へ？」

「こういう一見細かく見えるところに人の拘りが出る。女子も皆んな気を遣ってるの」

真波は自身のネックレスを指で弄った。俺のよりいくらか線の細いそれは煌びやかな光沢を放っており、何倍も値段が張りそうだ。

「あんたも最初にネックレス付けてみた時、それだけでちょっとかっこよくなった気がしたでしょ？　自分の拘りを褒めてもらえると嬉しいのは、皆んな同じじゃないかな」

「あー、そういうことか」

何だかガックリしてしまったが、喜んだのを自覚したおかげで真波の言い分は綺麗に腹落ちした。

拘りだと判るところを褒めるのが、最も ポイントを稼げる。確かに顔の造形を褒めるよりも好印象を持ってもらえそうだ。

「さ、褒めてみて。私が褒められたい箇所、見つけてみて」

真波はニヤニヤして、背もたれに片肘をついた。

表情を凛とさせたら、モデルでも通用しそうな構図だった。

……この思考をそのまま伝えるのはアリなのだろうか。

それを試すのも今日という日を二人で過ごす意義。

真波も失敗が余裕を生んでくれると言っていたし、ひとまず伝えてみよう。

「モデルみたいに綺麗だな」

「へ？」

真波はキョトンとして、押し黙った。

徐々に肘が移動していき、やがて背もたれからズリ落ちて、彼女の頭がカクンと下がる。

想像もしていなかった反応だったので、俺は戸惑って「大丈夫か」と声を出す。

顔を上げた真波は、悔しそうに唇を噛んだ。

「……不覚だわ。この程度の不意打ちでダメージを受けるなんて」

「あ、今のダメージだったの？　ドキドキしたんじゃなくて？」

「アンタにほんの一瞬だけでもドキリとさせられたのが、私にとってのダメージってことよ。一生誇りに思われないと釣り合いが取れないわ」

「暴論すぎる、めちゃくちゃすぎる！」

とはいえ、今しがたの褒め言葉は思いの外に受けが良かったようだ。

今のは真波が全く構えていない方向からボールを投げたから起こった偶然の産物に違いないが、同じ現象を本番でも起こせたら心強い。

「ありがとう、参考にする！」

「待ちなさい、私の言いたいことがまだ終わってない！　私は拘りを褒めてって言ってんのよ！」

立ち上がりかけた俺の服が引っ張られて、また座り直す。

「今のは一旦なかったことにして。ほら早く」

「……褒められたいだけでは？」

「あいにく私はアンタに褒められなくても、知らない人からも褒められるほどなので間に合ってます。褒めの手数は多いに越したことないでしょ」

何だかとても納得したくない釈明だったが、俺は大人しく真波の服装をチェックする。

俺にとってはどこをとってもお洒落に見えてしまうが、やはりアクセサリーが拘りだろうか。

「答えはネイル、ネックレス、リング、靴、服でした」

「言うのかよ！　つーか全部じゃねえか！」

「褒められたい場所は人それぞれだし。私はここが嬉しいってだけ」

……これを信じるのなら、ファッション関連なら何を褒めても良さそうだ。

正直半信半疑だが、新しい発想という事実に変わりない。

真波は両手をぐっと前に伸ばして、俺に笑いかけた。

「どう、参考になりそう？」

「悔しいけど、そこそこな。あとは場慣れかなあ」

とはいえ、このまま真波と何度もデートを重ねても緊張感に慣れるという意味では効果が薄そうだ。何故なら今日の俺は、これでもかというほどいつも通りなのだから。

真波も同じ結論に辿り着いたのか、不満げに唸った。

「……アンタに緊張感を持たせて、それでいてアンタ専用の恋愛指南もしてくれるような存在……私の知る限り一人しかいないわ」

「え、心当たりあるの？　俺本人にはないのに？」

間抜けな声で訊くと、真波は肩を竦める。

「何言ってんのよ。いるんでしょ？　私のほかにも、元カノがさ」

その返答に、俺は目を見開いた。

第7話　先輩の教え

真波との偽デート夜編を終えてから、また一週間が経とうとしていた。

叱咤激励という形で送り出された俺だったが、真波の提案を行動へ移すまでにかなりの時間を要してしまった。

それもそのはずで、恋愛指南を人に頼むなんて普通なら憚られる事案だ。加えて、今回は相手が相手。

今俺はサークルが貸切にしている大部屋で、背筋をビッと伸ばしている。

「え、もう一回言って？」

眼前で大きな目をぱちぱちとさせるのは、サークル『オーシャン』の元マドンナ。

頼み事の内容が厚顔無恥なこともあり、俺の発言が一度で聞き取れなかった様子だ。

「俺に恋愛指南してください！」

「わお、聞き間違いじゃなかった」

梨奈先輩は両手を合わせて口元を隠す仕草をした。

挙動一つで男のサークル員が騒ぐほどの容姿。黙っていれば大学一美人だと阪本さんたちは言っており、実際ミスコンの運営からはしつこいほどの誘いを受けていたというエピソードも耳にした。

以前の飲み会で会った際は就活帰りということもありリクルートスーツに身を包んでいたが、今日の梨奈先輩は私服姿だ。

白いミニワンピースに、薄紫のワイドパンツ。ゴールドのチェーン型のネックレスが、オフィスカジュアルのような格好にラグジュアリーな雰囲気を付随させている。

相手の服装を見ればこうして分析できるくらいには成長したけれど、ゼロからコーデを考えられない。

早く先週真波に選んでもらった夏用ジャケットを羽織りたい気持ちもあるが、初めてお披露目する相手は七野だという思いから、まだ自宅で眠っている。

だから今日の俺はいつも通り白パーカーにジーパンという無難なコーデ。

二人の外見の差から、俺はいつになく緊張してしまっている。

梨奈先輩はそんな俺の顔をジッと見つめた。

「じゃあテラスカフェにでも行く？」

「えっ」

あっさり了承ともいえる言葉を貰って、俺は戸惑った。

梨奈先輩は誰とでも親しい関係性を築いているのに起因して、スケジュールを押さえるのが難しい。それは『オーシャン』の代表がよく嘆いていたから知っている。

何でも俺が入会して間もない頃、上級生は梨奈先輩と七野優花の参加日を被らせるスケジュールを作るのに躍起になっていたようだ。

七野の参加率が最近著しく下がっているのは、それを察したからではないかと俺は常々思っていた。

いや、今はそれよりも——

「あの、いいんですか？　そんな簡単に受けてもらって」

「なぁに、創くんから言い出したのに」

梨奈先輩はクスクス笑ってから、前髪をかき上げた。

「お姉さんが忘れられない元カレのためにひと肌脱いであげようかな？」

「その言い方やめてください！　卑猥です！」

何だか性別が逆転したようなやり取りになっている気がするが、これは真波の目論見が正しい証拠でもある。

梨奈先輩には恋愛感情は無くても、異性ならば誰でも背筋を伸ばしてしまうようなオーラがあった。

これを言うと真波が「私にもあるわよ！」と怒り出しそうだが、あの関係性は特別なので今更緊張も何もない。

「もぉ、相変わらず可愛いんだから」

梨奈先輩は華奢な人差し指で俺の胸をツンとつく。

触れられた部位が熱を帯びて、俺は内心頭を抱える。

男として健全な胸の高鳴りを、強制的に引き出されている気分だ。

「二人きりで話したいなんて連絡されたから、早めにここに来ちゃったけど。すぐにご飯行くなら、もう一回鍵閉めた方が良さそうだね」

「そう……ですか」

サークル員が二十人ほど入れるこの大部屋は、イベント時の会議などでよく使用される。それ以外はイベントの景品の置き場や、談笑の場。

こんな厚顔無恥なお願いをラインのメッセージで済ますことはできないという考えから電話をしたのだが、「話あるの？　今丁度大学にいるよ～っ」と返されたので此処で対面できたという訳だ。

梨奈先輩の言葉から察するに、この大部屋には先約が入っていたらしい。

梨奈先輩はドアノブに手を掛けて、力を込めないままこちらを振り返った。

「あのね、正直復縁申し込まれるのかと。何て断ろうかと思っちゃった」

「ああ……また告白してないのに振られてしまった……」

俺が項垂れると、梨奈先輩はドアノブから手を離してこちらへ近付き、頭をぽんぽんと撫でてくれた。

七野を好きだと自覚していなければ危ういところだ。

梨奈先輩は自分を綺麗だと理解しており、時折それを利用した小悪魔のような言動をしてくる。

何でもサークルのノリで三日間恋仲にさせられた際、あまりにも俺があっさり関係の解消を了承したものだから、安心してからかうことができるらしい。

これで俺が本当に梨奈先輩に恋する男子だったとしたら、泣きっ面に蜂もいいところ。

梨奈先輩は俺の表情をどう受け取ったのか、柔和な笑みを湛えた。

「冗談冗談。今のは恋愛指南の対価ってことで……。さ、いこっか」

「対価？　いや、ご飯行くなら奢りますよ」

慌てて言うと、梨奈先輩はかぶりを振った。

「後輩からの奢りなんて受け取れなーい。いいの、面白い顔が見られたんだし」

「そうですか……」

後輩の表情一つを対価としてくれるあたり太っ腹だ。

こうした人情のある性格が周囲からの人気に拍車をかけているに違いない。

しかしそこで、俺は飲み会の際のお礼をすっかり失念していたことに気付いた。

「すみません、前の飲み会では色々とご迷惑をお掛けして……ありがとうございました。お礼が遅れてしまって――」

「堅い、堅い。そういうの苦手って言ってるのに全然やめてくれないんだから」

梨奈先輩は手を振って、俺を一旦黙らせた。

続けようとしてみると先輩は口を尖らせてしまったので、せめて最後にペコリと一礼してから気持ちを切り替える。

先輩は誰に対してもお礼は要らないというスタンスなのでたまに甘えてしまうが、癖になったら困ってしまう。

かといって本人が不要だと何度も言っているので塩梅が難しい。

梨奈先輩は部屋をカードキーで施錠して、内ポケットにしまった。

「それはそうとさ、二人で何処かへ行くのって結構久しぶりだね」

「久しぶりっていうか、初めてですね」

「あり、そうだっけ?」

キョトンとしたような態度に、内心苦笑いをした。

三日天下以前にも、他のサークル員がいる環境で梨奈先輩と二人きりになったことは度々あった。別れてからはその頻度が更に増えたし、一時期は七野に次いで喋る時間の長い異性になっていた。

梨奈先輩の就活が始まったことでこの数ヶ月の喋る時間は殆ど無くなってしまっていたが、思い返せばとても贅沢な環境にいたと思う。

しかしいずれにせよ、こうして改まった場を設けて二人の時間を過ごそうとするのが初めてなのは間違いない。

梨奈先輩はそれを覚えておらず、やはり俺は先輩の記憶に留まれていないらしいと、心の中で嘆息した。

交友関係が俺より遥かに広い先輩だから、当然といえば当然なのだが。

「創くんって普段何食べるっけ」

「俺は何でも食べますよ。唯一グリンピースが受け付けません」

「あはは、そうだった。じゃあオムライスとかだとリスクあるねえ」

「そうなんですよねー」

写真では黄身の部分しか見えていなかったのに、スプーンで割った途端に転がり出てくる緑の悪魔。

その話をしたのは一年以上前の飲み会で、梨奈先輩はケラケラ笑っていた記憶が朧げながらある。どうも変なエピソードは覚えてくれているようだ。

「私誰かと二人きりのご飯行くの久しぶりかもなあ」

「ほんとですか？　梨奈さんなら結構な頻度で行ってそうですけど」

「こら、どういう意味だぁ」

梨奈先輩が振り返って、両手で頬を摘んでくる。

真波のそれと異なり痛覚を刺激せず、心地良さすら感じる力加減。俺はされるがまま「ふがふが」と声を漏らした。

数秒後に両頬から手は離されたが、離れ際にひと撫でしてくれる。

これではとてもじゃないが不機嫌な顔を作れない。

「あと、創くん。私のことは梨奈先輩。いつも言ってるでしょ？」

「あー……すみません」

「また不満そうな顔したなー！」

梨奈先輩は思い切り頬を膨らませて抗議の意を唱える。

しかし異性からみたら〝綺麗が可愛いになった〟という感想以外出てこない。

黙っていれば超綺麗、喋れば可愛い——初めにそれを言い出したのは阪本さんだったが、俺が聞いたあの人の発言の中では最も的を射ている。

「私は先輩って呼ばれるのが憧れなの。今まで何の部活に入ったこともなかったから！」

「何度も聞きましたし、何度も皆んなにそれを伝えましょうとも言いました」

「私も恥ずかしいからヤダって何度も言った！」

梨奈先輩はフイと顔を逸らす。

これが初対面から間もない時期なら焦ってしどろもどろになっていたが、さすがに二年の仲となればあしらえる。

最近喋る機会が減っていたので、対面してからの数分間は余計に緊張してしまっていたけれど、本来の俺たちにはこうした和やかな時間が多かったのだ。

「あざとすぎますよー、先輩」

「……可愛いんだか、可愛くないんだかっ」

「ほんとは？」

「可愛いっ！」

ニコニコしてまた頭を撫でようとしてくる梨奈先輩の手を躱し切れずに、またされるがままになる。

……完全に性別を逆にするべきだ。

そう思うものの、何故か先輩の手から逃れられずにそのままになってしまう。緊張は気付いた時には解れていた。

もしかしたら梨奈先輩は俺の緊張を見抜いてあえてこうしたスキンシップをしてくれていたのだろうか。

「さ、出発進行！」

右腕を明後日の方向にビシッと掲げた梨奈先輩の背中を眺めながら、俺はそう思った。

屋上テラスのある校舎は、細い車道を挟んだ先に建っている。一つだけ敷地から少し外れた場所に建っているものの、中には食堂、コンビニや本屋などがあるため、行き交う学生は多い。

梨奈先輩とその校舎へ向かっている際、パーカーにショートパンツの女子が視界に入った。

此処から小走りすれば十秒と掛からない距離だ。

俺は少し迷った末、梨奈先輩に向かって両手を合わせた。

「すみません、ちょっと業務連絡的なことがあるので今から二分くらい待っててくれませんか」

「業務連絡？　全然大丈夫だよ、中に入って待ってるけどいいかな？」

「はい！　ありがとうございますっ」

俺はぺこりと頭を下げて、目的の人物へと向かった。

梨奈先輩の了承を得ている間に距離が離れてしまったので、人混みの間を縫うようにして駆ける。

彩度の高い茶髪の女子が、足音に反応したのかおもむろに振り向く。

内側に巻いた髪がぴょこりと跳ねた。

「あれ、ガッサー？」

「よう元気か」

「うん、元気だけど。ガッサーも元気そうだね」

俺が走ってきたことに言及しているのか、七野はクスリと笑う。

「足音大きいからびっくりしちゃった」

「悪い、姿が見えたからつい」

「ううん。どうしたの、今日ガッサーと講義被(かぶ)ってたっけ？」

「いや残念ながら被ってない。残念残念」

「そっかー残念だっ。……何か用？」

七野は小首を傾(かし)げて、俺に訊(き)く。

「いや、そのな。あのな？」

「うん」

異常なテンションになってしまっている自覚があったので、数秒間息を整える。

——俺は今から、七野優花をデートに誘う。

真波のおかげで、お昼から夜にかけての行動はもう決まっている。

あとは誘ってしまえば——この恋は動き出す。

その段階まで、俺は来ている。

……改まって誘うとなると緊張してしまう。

というより、目が合わせられない。

告白しないでね、と再三にわたって言われているのだ。

いくら冗談混じりとはいえ、七野のことだから本音だと思う。

七野からすれば迷惑な話に違いないという危惧が、口に蓋をしてしまっている。

俺の選択肢は二つ。

この気持ちを見ない振りするか——この気持ちを迷惑だと思わせない仲に進展させるか。

だが、もう答えは後者に決まっている。

俺は七野が好きだから、付き合いたい。

そのためにはまずデートを重ねる必要があり、これがその第一歩。

俺は既に、一度振られているのだ。再度振られてしまったとしても、関係が瓦解する可能性は少ないはず。

いや、失敗する時のことなんて考えるな。

腹を括れ。

俺は、無理やり視線を上げた。

「――七野」

「なになに」

七野の薄いピンク色の唇が小さな曲線を描く。

俺は意を決して、口を開いた。

「明後日か明々後日空いてる？」

「ううん、バイト」

「今週末！」

「遊びに行く」

「来週のどれか！」

「試験勉強かなあ」

「もう駄目だー!!」

頭を抱えて空に向かって吠えると、七野が俺の口を両手で塞いだ。

「たんまたんま、声大きいからっ」

「むぐみません」

ハンドクリームの良い匂いがする掌の中で口を動かすと、七野が手を離して、困ったように笑った。

転げ回ってのたうち回りたい心が、その動作一つで塗り替えられる。即ち、めっちゃ可愛いに。

お陰でいくらか冷静さを取り戻せた。

「どうしたの？　改まって」

「いや……ちょっと一緒に行きたい場所があって。例えばショッピングモールとか」

……やばい。

そこで俺は、ようやく初めて危機感を覚えた。

真波からデートの指南は受けていたものの、誘い方までは教わっていない。今しがたの発言が誘い方として良しとされるかも判らない。

以前の俺は初デートをスタートラインだと捉えてしまっていたが、戦いは誘う時点から始まっているのだ。

真波がそれに気が付かなかったのは、きっと彼女がいつも誘われる側にいるからだろう。

それだけに真波のアドバイスは聞いておくべきだったと後悔したが、時既に遅し。

俺は七野からの返答を黙って待つしかない。

数秒が経っただろうか。数分にも思える時間だったが——

七野は思案する様子を見せてから、コクリと頷いた。

「ふうん。いいよ」

心の中にいる衣笠創が両手を掲げて歓喜した。

「え。でも予定が詰まってるんじゃないのか？」

訊く際も、頬が緩んでしまわないように。喜んでいると思われないように、いつも通りの冷静な表情を貫く。

俺は余裕のある男、余裕のある男。

そう自分に言い聞かせる。

……貫けているかは微妙なところだが、最低限警戒されないようには振る舞えたはずだ。

七野はいつも通り、柔らかい笑みを浮かべている。

「土曜日、空けられるように調整してみるね」

土曜日。七野は遊びに行くと言っていた日程だが大丈夫なのだろうか。

まだドタキャンと呼称されるほど日程が差し迫っている訳ではないが、キャンセルするのには変わりない。

そんな俺の懸念が表情から伝わったのか、七野は口元を緩めた。

「予定がどちらか一日に入るらしいから、念のため両日空けておいてーって頼まれてるんだよね。でもそこまでする義理もないし、ガッサーのために土曜日だけ空けとく」

男冥利（みょうり）に尽きるような言葉には、まだ続きがあった。

「ガッサーから週末の遊び誘われるのなんて珍しいし、楽しみかも」

「まじか、まじか！」

「え、そんなに喜ぶ？」

その場で踊り出したくなってしまい寸前で踏み留まったが、七野には俺の喜びが伝わってしまったようだ。

しかしデートの誘いを了承されたというよりは、通常の遊びに応じるといった返事だった。

それでは意味が薄いかもしれない。かといって土曜日の予定はデートだとこの場で明言してしまってもいいものだろうか。

思い返せば休日に二人きりで出掛けるなんて初めてのことだし、今はそれだけで充分という気持ちもある。

「ガッサーは何か買いたいものとかあるの？」

「いや、俺は……」

口籠り、自らの浅慮を悔いた。

ショッピングに誘うのなら自分の欲しい物にも目星をつけておくべきだった。冷静に考えればすぐ判るのに、何故こうも考えが及ばないのだろうか。

「じゃあ、私の買い物に付き合ってくれるってこと？　ちょー優しいじゃん、どうしたガッサー」

……七野が買い物に乗り気なら、その言い分も間違いではない。

だがやはり、俺の目的はデート。

いつもと違うという旨だけは、前もって伝えておく必要があるだろう。

緊張で婉曲（えんきょく）な言い回しは思い浮かばない。

そして七野には、ストレートに伝えた方が良い気がする。

そんな直感が、俺の口を衝動的に動かした。

「七野優花！」

「は、はいっ」

フルネームで呼ぶと、七野は僅かな戸惑いと面白そうだという興味が合わさったような顔をした。

「デ……デートしてくれ」

「デート？　いいよ」

「え!?　いいの!?」

あまりにも二つ返事だったので、俺は思わず訊き返す。

「うん、いいよ。男女が週末に二人で出掛けるのは全部デートでしょ？」

……何だか若干認識の齟齬（そご）を感じる。

しかしこれ以上言葉にして俺の心中を吐露してしまうのは憚（はばか）られる。ひとまず七野の口からデートという単語を引き出せたことで良しとしよう。

あとは当日の言動で示すべきだ。

「ありがとう。じゃあ、またラインする！」

「うん、分かった。ばーい」

七野はふりふりと手を振って、校舎に向かい去って行った。

小さな背中を見送りながら、ついに行動に移したという高揚感と後戻りはできないという焦燥感を噛み締める。

だがもう時間は戻らない。

行動したのなら、腹を決めるべきだ。

俺は深呼吸をして精神を安定させる。

先輩と合流する前に今しがたのやり取りを悟られないようにしたい。

業務連絡という体で待たせているし、言い訳としてはゼミ関連が妥当なところだろうか。

思案していると、不意に後ろから声が掛かった。

「ほうほう、なるほど」

「うおあ⁉」

驚いて振り返ると、梨奈先輩がニヤニヤとしてこちらを見上げている。

目線は僅かに下にあるものの、その距離が俺の知り合いの異性の中では最も近い。

「遅いから確認しに来たけど……そっかそっかー、君のお相手は七野さんか。随分強敵にいくんだねぇ」

「せ、先輩……なんでここに……」

俺は腕時計で時刻を確認すると、約束してから五分以上経っていた。倍以上待たされては様子を見に来るのは当然だ。

もっと余裕を持った時間を伝えておけばよかったと思ったが、この際梨奈先輩には正直に伝えるしかない。

先輩も口説かれる経験は豊富そうだし、参考になるはずだ。

「いいじゃん、応援するよ。脈ありじゃない？」

「そうだったらいいんですけどね……ていうか、先輩いつからいたんですか」

「別れ際にちょろっとね。でも、脈ありとは前々から思ってたんだ。七野さんって君と話す時の顔、いつもと全然違うもん」

「そうなんですか？」

先輩は俺を勇気付けるためとはいえ、少々大袈裟だ。

確かに七野が笑顔を見せてくれる頻度は高いと信じたいが、和やかな表情自体は周りのサークル員と話す時も同様だった。

七野は誰に対しても当たり障りのない態度で接する。

そんな一定以上の社交性を保つ性格だからこそ、最近の彼女はサークルへ訪れるのが億劫なのだろう。

だが梨奈先輩は俺の思考回路がお見通しというように口角を上げて、自分の涙袋に人差し指をちょこんと置いた。

「女の子はね、目で分かるんだ。君と七野さん、見つめ合う時間が長いんだよ。彼女、興味ない人とは殆ど目を合わせないんだから」

「なんでそんなこと梨奈先輩が知ってるんですか？」

質問してから、しまったと思った。

梨奈先輩が口を結んだのだ。それは七野が梨奈先輩と目を合わせないという事実を暗に示しており——

しかし、予想外に梨奈先輩は笑い出した。

「今私のこと嘗めたね？　ふふふ……私は五秒くらい保つよ！」

「それ保ってるっていうんですかね」

「うるさいうるさい！」

抗議した梨奈先輩がむくれる。

それが男性全てを惹き寄せかねない表情で、俺は思わず視線を逸らす。

「まあなんにせよ脈ありの状況なら、サポートし甲斐があるってもんだよ。大船に乗ったつもりで、私に任せておきなさい」

梨奈先輩は腰に手を当てて、胸を張った。

自分を大きく見せるための仕草だと理解していても、スタイルのラインが強調される動きには毎度直視し難い気持ちになる。

「ねえ聞いてる？」

「はい、めっちゃ聞いてます」

「この返答にめっちゃは要らないよ。じゃ、早速テラスカフェ行こっか。並んでないといいなあ」

梨奈先輩は俺の袖を引いて、一歩前に出た。

振り返る先輩は陽光に照らされて、ハッとする美しさを感じさせる。

二人きりの時間は随分久しぶりだ。

恋愛指南を除いても、きっとこれからの時間には価値がある。

そう思わせてくれる先輩に感謝しながら、俺も一歩踏み出した。

梨奈先輩と赴いたのは、大学の敷地内にある屋上テラスカフェ。

横並びのカウンター席からは敷地内を一望できて、特に女子から人気のスポットだった。

お昼時は必ず並ばなければいけないことから、俺は殆ど近寄ったためしがない。

一度七野を含めた学部の友達と立ち寄った際も、あまりの長蛇の列に嫌気が差して抜けてしまっていた。

しかし今日は時間帯の関係からか数分並んだだけでカウンター席へ案内されて、柄にもなくテンションが上がってしまう。

「ウキウキしてるね。可愛いな〜」

「やめてください、恥ずかしいんで」

何とか冷静な声を保って、俺はメニュー表を梨奈先輩との間に開く。

重厚感のあるメニュー表にはランチの充実ぶりがアピールされており、俺はまんまと店側の思惑通りあさりパスタ、タコライスを注文してしまう。メインを二つも注文した俺に、梨奈先輩は「さすが男子」と目を丸くした。

「これくらいは食べますよ」

そう答えてはみたものの、値段を鑑みるに些か注文しすぎた。食後にカフェオレやティラミスを持ってきてもらうので、昼食に二千円以上掛かってしまう。

この屋上テラスに構えている店舗は大学と提携しているお洒落なカフェで、値段も食堂と比較すれば高いものばかり。学生の財布には痛い出費だ。

横目で梨奈先輩を見ると、注文されているのは明太子パスタの一つのみ。

俺は手元のあさりパスタとタコライスに視線を落として、漸く自身の注文が胃袋の容量を越えることを悟った。

せめて新鮮な味わいを保つために、俺は交互に食べていく。

背中に他の学生からの視線を何度か感じたが、それも慣れた。

梨奈先輩と行動を共にする時は毎度のことだ。

軽い雑談をしながら数分経つ頃、梨奈先輩はフォークをお皿に置いて一休みの態勢に入った。

「でも意外だなあ。創くんが七野さんを好きだなんて」

「そうですか？」

俺は頰にタコライスを溜めて、何とか返事を絞り出す。

梨奈先輩は「食べ終わってからでいいよ」と言って、指先で俺の頰をつついた。

溜めていたタコライスが舌の上に戻ってきて、俺は咀嚼を再開する。

塩味の効いたタコライスを食べながら、俺は思考を巡らせる。

正直なところ、意外だと言われることが意外だった。

七野を好きになるタイミングなんて、男子の立場からすれば四六時中存在しているように思う。

俺が何の変哲もない飲み会帰りに再燃してしまったように、皆んながその可能性を何処かに抱えているというのが所感だった。

タコライスを飲み込んで一緒に水を胃に流し込む。

俺の行動に何を思ったのか、梨奈先輩は優しく声を掛けてくる。

「急がなくていいよ？　私も食べるの遅いしさ」

「いや、そういうわけじゃないんですけど」

「じゃあゆっくり嚙(か)みなさい」

「もう飲み込んじゃいました」

自分のお腹(なか)をさすってみせる。

その光景に梨奈先輩は口を尖(とが)らせた。

「次からの話ですー。油断してたら太っちゃうよ？」

「俺あんまり太らない体質なんですよね」

「うわぁ……男子あるあるだぁ……」

梨奈先輩は苦虫を嚙み潰したような顔をして、気を取り直したように咳払(せきばら)いをした。

しかし何を話そうとしたのか忘れたようで、首を捻(ひね)った。

「七野を好きなのが意外って話でしたよね」

俺が教えると、梨奈先輩はすっきりしたように指を鳴らした。

「あ、それだ。特に深い意味はなかったんだけどさ、側(はた)から見てたら創くんがあの子を好きになるタイミングなんていくらでもあったと思うから」

梨奈先輩の発言に俺も頷く。

高校時代に七野から振られていなかったら、俺が彼女を好きになるタイミングは今より遥かに早かったはずだ。

ただし振られていなければ、再度好きになれるほど関係性を築けなかったに違いないが。

今の俺と七野の関係性は、高校時代の告白を経て成り立っているものだ。

「創くんが今このタイミングで行動し出したのが意外だなーって」

梨奈先輩はそう続けてから、明太子パスタを上品にフォークへ絡める。

「君はなんで最近になって七野さんを好きになったの？　きっかけとかがあった？」

その質問に、俺はここ最近の出来事を想起した。

まず頭に浮かんだのは、夜の帳が下りた住宅街。

人通りの少ない路地を七野と共に歩いた、僅かな時間。

だがあれは先輩のいうきっかけの範疇には入らないと思う。あくまで沸点に到達したのがあの日だっただけだ。

「特にきっかけなんて無かったと思います。好きになった日は覚えてますけど」

梨奈先輩は興味深そうに頷いて、無言で続きを促す。

「あれです、梨奈先輩と久々に飲んだ帰り道です。その後七野に会って、それで……」

「そっか、確かにそれ自体はきっかけっていうほどでもないのかな」

「そうですね」

いつでも燃える木々を心に携え、ふとした拍子に燃え上がる。

恋愛とはそういうものなのではないだろうか。

劇的なきっかけがある方がストーリー性はあるけれど、現実はそうもいかないし、そうである必要もない。

しかし梨奈先輩は小首を傾げた。

「創くん、やっぱり最近何かあったんじゃない？　七野さん関連じゃなくても、変わったこととか」

「変わったこと？」

俺はフォークにあさりパスタを絡めながら思案した。

あさりを舌の上に転がしてみても、梨奈先輩の言う〝何か〟は浮かんでこない。

「ぼったくりに遭ったくらいですかね？　そういえば元カノと久しぶりに会いましたけど」

「それだっ」

梨奈先輩はパチンと指を鳴らして、嬉しそうに笑う。

「ぼったくりですか？」

「違うよ、後者だよっ。元カノさんが、君の気持ちを引き出したのかもね」

「ああ……いや、どうでしょう。確かにタイミングは合致してますけど」

「人との出会いは、思わぬところに影響が出るものだもん」

梨奈先輩は頬杖をついて、ガラス越しに敷地を見下ろす。

暫く沈黙が流れて、その間の梨奈先輩は何処か憂えるような表情をみせていた。

「……あの。実体験ですか？」

「え、まあ……うん、そんなところ」

珍しく言葉を濁されて、俺は怪訝に感じる。

しかし違和感を口にする前に、梨奈先輩は「アドバイスターイムっ」と宣言した。

違和感が消えた訳ではないが、今日の目的は真波から言われたように恋愛指南を受けること。

漸く本題に入ったのもあり、俺は先程の違和感は一旦忘れることにした。

「これ見ててね？」

そう言って梨奈先輩はフォークを俺の手元に立てた。

明太子に塗れていたのが恥ずかしかったのか、梨奈先輩は慌てて口に入れて、フォークの光沢を戻す。

「見てて？」

「……はい」

むしろその動作のせいで集中できなくなってしまった。

健全な男子の前では、あまり良い選択とはいえない。

「創くんはミラーリング効果って知ってる？」

「んー、聞いたことはありますよ。内容覚えてないですけど」

「じゃあ意味ないじゃん」

梨奈先輩は小さく笑って、フォークを俺の眼前に翳した。

俺の姿が歪んで反射していて、福笑いのような顔面になっている。

「相手の行動を鏡のように真似ると、心の距離が縮まるよって内容だね」

梨奈先輩はフォークを皿に戻して、くるくる回した。

明太子をたっぷりかけられた麵があっという間にフォークに巻きついて、まるで梨奈先輩に食されるのを喜んでいるかのようだ。

「心理学ですか？」

「うん。要は、相手と同じ仕草をしたら仲良くなれるよってこと」

「説明を重複させてしまってすみません。でも、そんなもんで縮まったら世話ないと思うんですが」

「それが縮まるんだって。あと前半堅すぎ」

「う……気を付けます」

俺は一言返して、あさりパスタをフォークに巻きつけた。

梨奈先輩のそれより些か時間を要したが、同じような形を作ることができた。

「ドキドキしますか？　これもある意味ミラーリング効果だと思うんですけど」

「全くドキドキしない」

「もうちょっとオブラートに包んでくれません？」

俺がそっぽを向くと、梨奈先輩は「ごめんごめん」と耳にちょんと触れた。

「そういう細かい動作を真似るのも、確かにいわゆるミラーリングなんだと思うけど……別に私、この単語を出したかった訳じゃないの。横文字使っちゃったのがいけなかったね」

梨奈先輩はこちらに向いて、座り直した。

心なしか目線の位置が高くなり、いつもより梨奈先輩を至近距離に感じる。

「ごめんね？」

「ああ、いや別に……」

何故か俺は口籠ってしまう。

瞳の色が綺麗だとか、こうして口を噤んだ先輩に綺麗さで勝てる人なんて本当に限られているだろうとか、夏服も冬服も似合いそうなスタイルだとか、普段にない思考が脳内を巡る。

「……ね？」

「へ？」

「こうやって目線の高さを合わせるだけでも、結構効果あるでしょ」

……どうやら俺は、年上の美人に純情な心を弄ばれていたらしい。

心から憎めないのが、男子の辛いところだ。

「私じゃ足りなかったかもしれないけど、ちょっとだけならドキドキしたでしょ」

「とても認めたくないです」

「あはは、拗ねないで。私の顔がもし七野さんだったなら、創くんの顔はもっとあかーくなってたと思うよ」

梨奈先輩は口角をキュッと上げて、俺の頬を軽く摘んだ。

「私が伝えたいアドバイスは、今みたいなことかな。持ってる弾は多い方がいいよ」

「……選択肢を増やしておく方が、成功しやすいですかね」

「うん。何事も準備が大事なんだから」

俺の返答に頷いた梨奈先輩は、言葉を続ける。

「食べ終わるタイミング、あとは歩くペースを相手に合わせたり。意外と身近に活かせる場面はあるから、色んなところで意識してみるのは良いかも」

「……参考にしておきます」

汎用性の高い理論だと覚えておけば、使える機会もあるだろう。

梨奈先輩の言う通り、いざという時の選択肢を増やしておけば、当日の余裕にも繋(つな)がってくれそうだ。

真波も余裕のある人は異性を惹(ひ)きつけやすいと言っていたし、その結論は図らずも合致している。

「君の恋路を、私は応援しておりますっ」

梨奈先輩はビシッと敬礼してから、明太子(めんたいこ)パスタに意識を戻した。

どうやらアドバイスはこれで終わりのようだ。

真波のそれとはベクトルが違っていたが、だからこそ先輩に訊(き)いたのは正解だった。

俺が残り半分を切ったあさりパスタを黙々と食べようとすると、梨奈先輩が俺の袖を軽く摘んだ。

「敬う？　敬う？」

「はいはい敬います」

「〝はい〟は一回！　ていうか今の返答に〝はい〟は要らないから！」

梨奈先輩はそう言って、明太子パスタを咀嚼(そしゃく)する。

喋(しゃべ)りながらだというのに、もう殆(ほとん)ど残っていない。対照的に、俺のタコライスはまだ半分以上残っている。それを見兼ねたのか、梨奈先輩は俺に提案してくれた。

「タコライス、食べてあげようか」

梨奈先輩が俺のスプーンを手に取り、タコライスを口に運んだ。咀嚼している間の先輩は目を瞑っていたが、やがて和やかな表情を浮かべた。

「うん、やっぱり美味しいっ」

「返事も何もしてなかったんですが……でもありがたいです」

「うふふ。好きなんだ～タコライス、グッドなチョイスだね」

梨奈先輩はそう言って、五口、六口と続けてぱくぱくとタコライスを食べてくれる。俺のお腹を気遣っての行動だろう。

先程のアドバイスにしてもそうだが、こうして二人きりになった際、やはり梨奈先輩は年上なんだなと思わされる。

若しくは梨奈先輩が特別に優れているのかもしれない。

これは俺が先輩と恋仲を三日で解消した時から思っていることだ。

三日で別れてから更に仲良くなるという関係性は、側から見れば変だと思われても仕方ない。

だが俺は周りからの妬み嫉みを含めて、この件に関して一切不快な物言いをされたことはなかった。それは偏に梨奈先輩の人望の厚さによるものだ。

だから俺は、梨奈先輩を尊敬している。

「…………うっぷ」

「へ？」

聞いたこともないような声が隣から漏れて、俺は先輩の方を凝視した。

横に座る梨奈先輩の顔色が、見るからに青ざめている。

「……お腹いっぱいすぎて吐きそう」

「ちょ!?　梨奈さんそこまでして食べてもらわなくてもよかったのに！」

俺が慌てて立ち上がると、梨奈先輩は両手に顔を埋めながらくぐもった声色で返答する。

「だって……後輩が困ってたら助けるのが先輩だもん……ていうか今梨奈さんって言ったね……私は梨奈先輩──」

「んなこと言ってる場合ですか！　梨奈先輩がこんなところで吐いたら大学中に噂回りますから……！」

後半を小声で伝えると、俺は背中をさすってあげる。

夏服という薄着越しのため、掌に体温を感じるが、気にしている場合ではない。

梨奈先輩は俺にさすられるがまま、おもむろにこちらを見上げた。心なしか俺を試すような顔をしている。

「……ね。これは噂回らないのかな？」

俺は目を瞬かせた。

有名でもなんでもない一男子が、梨奈先輩の背中を無遠慮に触っている。

大学は高校とは違い開放的な環境だ。その程度の噂ならば、一部のゴシップ好きの間に留まるだろう。

しかし大学が内包する学生の総数は、高校と比較すれば桁違い。加えて梨奈先輩がSNSで抱えるフォロワー数も桁違いだったと記憶している。

それらを鑑みるに、現状が噂されれば厄介な事案に発展する可能性も否めない。

「噂回ったら責任取ってくださいね」

「おお……それはいい口説き文句だね」

「いやそういう意味で言ったんじゃなく。普通に現金貰いますから」

俺の冷徹とも捉えられる発言に梨奈先輩は目を見開き、ガバッと上体を起こした。

「ひどい！　鬼！　悪魔！　私を弄び──」

「しーっ！　誤解されますから！」

思わず掌で梨奈先輩の口を覆う。

ポーズだけで済ませるつもりが、我ながら勢いよく梨奈先輩の口に当たってしまった。

掌が梨奈先輩の熱い吐息で濡れる。

「む……むぐ……」

ぺろり。

扇情的な声色に電流のような刺激が身体を貫き、弾けるように先輩から離れる。

梨奈先輩はそんな俺に何を思ったのか、自分の唇を艶かしく舐めた。

「……ん？　あ、当たっちゃった？」

「か——からかわないでください。ひ、ひとまず会計済ませてくるんで！」

誤魔化すように財布を取り出して、作り立てのクレジットカードを抜き取る。十八歳から作成できる大人の証を逃げの口実に使って席から離れようとした。

するとタイミング悪く店員がこちらに歩いてくるのが視界に入る。

どうやらデザートのティラミスを届けに来てくれたようだ。

梨奈先輩の眼前に置かれた二つのティラミス。

お腹は恐らく悲鳴を上げているはずだが、梨奈先輩はあっさりティラミスを口に運んだ。

「うん、美味しいよこれ。私的ランキング二位くらいのティラミスっ」

「そこは一位でいいんじゃ……ていうかお腹大丈夫なんですか」

「甘いものは別腹だからね。ほら、あーん」

梨奈先輩は自分のティラミスを俺の口へ近付ける。

反射的に口を開けた瞬間、ティラミスの欠片は梨奈先輩の口内へ吸い込まれた。

「むふふ。騙されたね」

「くそタチ悪い……それ絶対普通の男子にしちゃ駄目ですからね」

「んー、なんで？」

「勘違いするからですよ」

そう忠告するものの、梨奈先輩がからかう異性は少ない。知る限りでは俺だけのようだし、忠告も意味を成さないかもしれない。

梨奈先輩はフォークを小皿に置いて俺に向き直った。

「勘違い、してみる？」

テラスの出口から漏れ出る冷房が、二人の間を吹き抜ける。

「……本気で言ってんすか」

「どう思う？」

梨奈先輩は自らの白い首筋を人差し指でツツッとなぞった。

大人の女性であることを意識させる胸元まで指をなぞり続けて、胸に届く直前で梨奈先輩は小首を傾(かし)げる。

——この先輩、もしかしたら俺を。

……普通の男子ならそう考えるだろう。

「先輩、今絶対ふざけてますよね」

「不正解～。私は至って真面目です！」

その明るい声色が今しがたの動作が全て作為的なものだと示していた。

こちらも本気にしていなかったにせよ、やはり心臓に悪い。さすがに文句を言ってやろうとしたら、先に梨奈先輩が言葉を続けた。

「君を試してました！　今ので私に靡くようなら、創くんは七野さんを本気で好きじゃないと思うので」

「はあ……」

文句の矛先を見失った俺は、気の抜けた声を返す。

梨奈先輩から俺のためだと言われたら、不満より嬉しさが勝ってしまう。

俺は心を誤魔化すようにティラミスを口に入れた。

仄かな甘さに舌鼓をうっていると、隣で梨奈先輩はクスクス笑う。

この様子であれば、俺のためという主張は全てではなく、からかいの意味もあったに違いない。

そう思った俺は、先程から浮かんでいた疑問を口にした。

「……先輩。靡いてたらどうするつもりだったんですか？」

「振ってた！」

「鬼！　悪魔！」

「小悪魔と言いたまえよ〜！」

梨奈先輩は面白そうに俺の背中をさする。

この分だと、あの青ざめた顔色ですら演技だったのかもしれない。

「でも、これで創くんが七野さんを好きだって私も解った。心から応援できるよ、元カノとして。キミのいいところ、いっぱい知ってるからさ」

「……普通に先輩として応援してくれませんか？」

「生意気言うなー！」

「真面目な発言ですけど⁉」

……梨奈先輩の就活が始まる前はよく二人でこんな雑談をしていた。

数ヶ月の時間を経て、また先輩との関係が再始動した感覚。

かつての時間がここにある。

俺は先輩と戯れながら、小さな幸せを噛み締めた。

第8話　ひとまず

築五年の鉄筋アパート二階。

角部屋の204号室が、俺の借りている一室だ。

玄関から続く廊下を数メートル進んだ先にある一部屋、十二畳。ベッドや本棚を配置していても、絨毯(じゅうたん)には人が数人雑魚寝できるほどのスペースが余っている。

学生の一人暮らしには充分すぎるこの部屋を借りられたのは運が良かった。

家賃は安い価格帯ではないものの、十二畳という広さ、立地に鑑みれば空き部屋はそうそう出ない物件だ。

実際俺がこの部屋を内見していた時、不動産屋の担当者が「押さえるのは三日が限界です」と言っていた記憶がある。

アウトドアサークルなんて団体に所属しておいてなんだが、俺は本来インドア派。

だから部屋の快適さは死活問題だ。

俺は帰宅して早々エアコンの電源を入れて、ベッドに腰を下ろした。

――梨奈先輩からアドバイスを受けてから二日。そして、七野との初デートまでも残り二日。

今日は『オーシャン』の一部で開催される少人数の飲み会だった。

梨奈先輩も七野も不参加だったが、いつも通りそこそこの楽しさはあった。

だが四千円という金額に見合った楽しさかと問われたら判らない。

大学生になってから、自由な時間は著しく増えた。

その自由時間を有意義に過ごしたと、この先思いたい。

だからプライベートを充実させるためにこうした飲み会には参加するようにしているが、きっとこの思考回路は真波や七野からみれば滑稽に映ってしまうだろう。

我ながらなんとも中途半端な性格だと思う。

しかしインドア派といっても、俺は孤独が好きな訳じゃない。独りの時間が必要なだけで、叶うのなら人間関係も充実させたい。

だからこそ、俺は七野と付き合いたいのだ。

今の俺は〝彼女がほしい〟ではない。七野優花と付き合いたい。目標はその一つだけだ。

七野とのデートを明後日に控えた俺は、自分が緊張しているのを自覚していた。

今日飲み会に参加したのには、その緊張を少しでも解したいという意図も無意識ながらあったかもしれない。

ピーッと沸騰する音が聞こえて、おもむろにベッドから腰を上げた。

酔いが冷めてきた頭を動かしながらカップラーメンにお湯を注いでいく。

注ぎ終わると容器をローテーブルに置いて、胡座をかいた。瞼を閉じて三分待機している間うつらうつらとしたが、気力で意識は手放さない。

それもこれも、後に待つささやかな至福にありつくため。

深夜に酔いが回っている状況下で食べるカップラーメンは、最後の晩餐に選びたいほど好きだ。

「いざ……」

俺は独りごちて、割り箸を容器に入れる。

──その時だった。

『いざ……じゃないわよ。アンタ放っておいたらずっと黙ってるわね』

「む」

ローテーブルに置かれたスマホに視線を落とす。

画面には、真波：通話中という表示がされている。

『次会う日程が決まってなかったから、電話したのに』

「ごめん。頭で返信した気になってた」

真波からのメッセージを見たのは今日の午前中。

スケジュールを確認する前に飲み会へ参加してしまい、結局返信する作業を失念してしまっていた。

真波も自身のスケジュールを早く決めたかったのか、こうして電話を掛けてくれたという訳だ。

『まあ、カップラーメン食べるまでは好きにしていいって言ったのは私だけど。いくら何でも放っておきすぎでしょ』

「感謝してる。至福の時間なんだよ、これが」

そう言って、俺は麺を思い切り啜った。

ほどよい塩味が身体中に染み渡り、ホウッと熱い息を吐く。

人体にアルコールが入ると胃が肥大して、普段より食べる量が増える。俺の身体はそれが特に顕著らしく、飲み会後はこうしてカップラーメンを食べるのが習慣になっていた。

親から言わせれば、その生活を続けていれば三十歳が近付いてくるとともにお腹がどんどん出てくるらしい。

『アンタ、そんな生活してるとすぐにお腹出ちゃうわよ』

考えた途端に同じような言葉をかけられて、二口目のために構えていた箸を一旦降ろす。

「母さんみたいなこと言うなよ」

『誰が母さんよ』

真波は棘のある返事をして、続けて訊いてきた。

『そういえば、お母さんは元気にしてるの？』

「おうよ。運動しまくりの健康体だ」

『そ。……ふふ、良かった』

真波は母さんと三回ほど会ったことがある。

高校時代、俺の実家は真波の帰り道の途中に建っていた。

従って真波は俺の実家を毎度通り過ぎることになるのだが、その際に三回も鉢合わせしたのだ。

一回母さんの計らいで家まで上がったこともあり、真波も気にかけていたようだ。

この話を母さんに伝えたら大喜びに違いない。

『アンタ今一人暮らしだっけ』

「おう。いい部屋だぞ」

『へえ。お母さん、お父さんに感謝しなくちゃね』

「だな。家賃の大半は仕送りで賄ってるし」

家賃の仕送りは、バイトより学業や遊びを優先してほしいという父さんの方針だ。

だからかもしれないが、賃貸という概念は理解できていてもこうして暮らしていると持ち家のような感覚が抜けない。

あくまで他人の不動産を借りているだけなのに、自分の部屋のような気分だ。

その考えを口にすると、真波は小さく笑った。

『ちょっと分かる。私もすっかりこの部屋気に入っちゃって、第二の実家って感覚』

「だろ？　でもそっか、真波も今一人暮らししてるんだな」

『まあね。社会人になってからだと、環境の変化が多すぎてきっと大変だし』

学生から社会人。実家暮らしから一人暮らし。

二つの大きな変化を同時に受け止めるには、きっと相当の気力が必要になる。真波の選択はある意味賢明といえる。

俺も真波のような心持ちで一人暮らしを始めていたら、もっと健康的な生活ができていただろうか。

大学生になってから解ったことだが、一人暮らしというのは自由すぎる。故に自堕落な生活になれば抜け出すのは難しく、俺はあまり自炊をしたためしがなかった。

だが、これだけは解る。

「生きるって結構大変だよなー」

一人暮らしをすると、生きるだけでどれ程お金が掛かっているのか勉強になる。

高校時代に分からなかったことが、今理解できている。

『うん。私たちも大人になったわね』

静かな声で、真波は答えた。

沈黙が降りた部屋には、秒針の進む音しか聞こえない。

俺はそんな沈黙を破るように、ラーメンを啜った。

もう少し月日が経てば、更に生き続けることの難易度を実感するのだろう。

ラーメンはあっという間に無くなってしまい、至福の時間が終わりを告げた。

「……もう一個食べたい」

『やめときなさい。太るわよ』

「俺太らねえもん。とりあえず若いうちは」

『次会った時首絞める』

「具体的で怖いっつーの。じゃあ偽デートの予定確認するから、ちょっと待ってて」

俺はそう答えて、スマホの前に腰を下ろす。

床に敷かれた二千円のクッションが、俺の腰を優しく包む。

スピーカーモードを切り替えてスマホを耳に当てると、真波がクスリと笑う気配がした。

『……随分懐かしい響き。そうね、予定日の件を早く決めましょ』

偽デート。付き合っていた頃に頻繁に飛び交った単語だったため、口をついて出てしまった。

もう何年も前の話。今後想起することはないだろうと踏んでいた、摩耗していくだけの記憶のはずだった。

真波と再会してから、まだそれ程長い時間は経っていない。

しかしこうも記憶が簡単に紐解(ひもと)かれていくのは、俺が真波との思い出を、頭の奥深くの引き出しへ丁寧に収納していたからかもしれない。いざという時、すぐに取り出せるように。

そのいざという時は、いつだろう。もう過ぎただろうか。

それとも——

『ねえってば』

「明日会いたい」

『はい？』

怪訝(けげん)そうな声色に、俺は思わず口に手を当てた。

特に何の思慮もなく出た言葉。

真波の反応も当然だ。

『アンタまさか——』

「ち、違う！　俺、七野と土曜にデートするんだ。だからそれまでにもう一回練習しておきたくて、空いてるのが明日しかない」

瞬時に釈明すると、真波は押し黙った。

沈黙が降りて、数秒。

俺から沈黙を破っていいものか。

やがて真波は『……そういうことね』と息を吐いた。

『こんなに早く約束を取り付けられたなんて、やるじゃない』

真波の声が明るくなる。

沈黙が怖かった俺はひとまず安堵して、冷蔵庫前へ移動した。

俺と真波の関係は元・偽の恋人、それ以上でもそれ以下でもない。

でも俺たちは本来、チャットアプリで適当な雑談が一ヶ月も継続するほど相性が良いのだ。

だから関係を逸脱しようとも捉えられる発言に、お互い敏感になっているのかもしれない。

冷蔵庫の扉を開けて牛乳を取り出していると、真波に言いたいことがあったのを思い出した。

「あ、そうだ。デートの誘い方教えてもらってなかったからめっちゃ不安だったんだよ」

牛乳をコップに注いでいる間、また真波からの返事は途切れた。

もう一度繰り返そうと思った時、ようやく口を開く気配があった。

『だって必要ないもの。デートくらいアンタ自身が勝ち取らなきゃ、きっと先はないから』

「……なんだ。あえて教えなかったんだな」

ひんやり冷たい牛乳を喉に流し込むと、俺もいくらか冷静になった。

俺は七野優花と恋仲になりたい。

ならば仲を進展させる重要な局面だけは、俺一人の判断でいくべきだと真波は伝えたいのだろう。

……真波の言う通りだ。

本気でこの先がほしいなら、アドバイスは要所要所に留めた方がいい。

『ごめん、ほんとは忘れてただけ』

「今のしんみりタイム返して⁉」

俺は思わず声を荒らげて抗議する。真波はどこ吹く風といった声色で返事をした。

『ごめんごめん。ま、そういうことなら明日空けてあげる。ただし条件が一つあるわ』

「んだよ、条件って」

嫌な予感がして、声を尖らせる。

『そんなに警戒しないでよ。明日は、この前私が選んだジャケット姿で来てほしいの。あとデパ地下で洋菓子買ってきて。その一つだけよ』

「二つなかった？　なあ今二つなかったか？」

『デパ地下で洋菓子買ってきて』

「そっちが残るの⁉」

真波は特に返事をしないまま、『頼んだ！』と言い残して電話を切った。

俺は暗転したスマホの画面を凝視して、声を漏らす。

「……急に電話切るところは変わってねえな」

頼むや否や、答えも聞かずにシャットアウト。

数年前の思い出がまた一つ蘇る。

「暴君が」

呟いた瞬間、新着メッセージの通知が一つ。

『誰が暴君よ』

「さっきから怖いんですけど‼」

スマホをベッドに投げて、俺は仰向けに寝転んだ。

……ジャケットを着てきて、か。

それが何を意味するかは判らないが、ひとまず従っておいた方がいいだろう。

七野に初お披露目したい気持ちも残っていたが、それが良い結果に繋がる可能性のある選択ならば背に腹はかえられない。

俺はクローゼットへ目をやって、勢いよく上体を起こした。

◇◆

当日になって真波から指定された場所は、俺の自宅の最寄駅だった。

主要駅へ一本で行けるこの東桜丘駅は地元の人間から評判が良く、住民たちも落ち着いている人が多い。

そう思っていたのは、俺がいつも一人で駅を利用しているからのようだった。

真波と合流した時点で、日頃の数十倍視線を感じる。

「なんか視線感じるわね」

「そう思うならもうちょっと抑えめの服で来てくれませんかね……」

俺が苦情を告げると、真波は怪訝な顔をした。

「はい？　人を露出狂みたいに言わないでよ。肌は隠してる方でしょ」

「いや、まーそうなんだけどさ」

俺が伝えたいのは、肌の見える部分が多いということではない。

無論そうである方が大問題だが、現状でも充分彼女は目立っていた。

住宅街で見るには、今の真波はお洒落すぎる。

お洒落すぎると逆に避けたくなる存在へ昇華することを、俺は初めて知った。

真波は大きな色付き丸メガネを胸元にかけ、頭にスカーフをカチューシャ風に巻いて髪をアレンジしている。

そして白のセットアップにライトブルーのインナー、線が細めのシルバーネックレス。

このファッションをしている人間が真波でなかったら、笑ってしまうような外見だった。

しかし――さすがは二大マドンナの一角。

こんなコーデにも着られることなく、しっかり柚木真波のファッションとして落とし込んでいた。

そのせいで芸能人がお忍びでこの地に降り立ったように浮いているため、隣を歩かれると自分が些か分不相応に感じてしまう。

「じゃ、行きましょうか」

真波はそう言って、その場から動かない。

意図を汲めなかった俺は、首を傾げて問いを投げた。

「ど……どこに？」

「アンタの家」

「はあはあ。……もう一回訊いていいかな」

「偽デート、家編！　デートが進むと、アンタの家がデートスポットになる可能性もあるからね」

「いつの話だよ、少なくとも初デートではありえねぇぞ！」

「だからこその抜き打ちチェックよ。こんなの、今の段階でしかできないからね」

――今の段階。

俺が七野と一度もデートをしていないこの現状を言っているのだろうか。

すると真波は思考を読んだかのように頷いた。

「そ。自分とデートした男が、他の女を家に招いてるとか面白くないでしょ？」

「面白くないっていうか、倫理的にっていうか……それを言うならデートに誘ってる現時点でも褒められたものではないというか……」

混乱した俺が言葉を並べていくと、真波がビシリと音が鳴るデコピンをしてきた。

やはり梨奈先輩のそれと比較して、痛みが強い。

「アンタが決めて。アウト、セーフ？」

「よよいのよい！」

「野球拳は一人でしてなさい」

逃げるためのギャグはあっさり潰されて、真波は無言でこちらを見上げる。

その黒い瞳におふざけの色は一切ない。

だからこそ俺の答えは決まっていた。

「アウト」

「分かった。じゃあ行こっか」

「あれ、あなた今俺に決めてって言いませんでした？」

「言ってない」

「そこから認めないの⁉」

どうも目を細める元マドンナさんは記憶が混濁しているようだ。

柚木真波を家に招く……つまりは、付き合ってもいない女子を家に上げるということ。

その辺りの許容範囲は大学生になってから広がっていたものの、それでも抵抗があった。

高校時代に浮気をしている人など皆無に等しかったが、大学になるとその類の話は全く珍しくない。付き合わないまま最後までいってしまったり、勢いで身体を重ねたり。

自分も含めた周囲の価値観が一新される最後の危うい時期、それが大学生。

高校ではいつもクラスという団体の考えが重視されていた。しかし大学では受ける講義を全て一人で決めたりと、個の考えが重視される環境だ。

そんな中で欲に忠実な一部の人間が行動し、その話に触発されて多くの人間が染まっていく。

他人の価値観に扇動されやすい時期にグループ内の複数人が遊び始めれば、元来の価値観を保つ難易度はいくらか上がる。

アウトドアサークルという団体に所属しているのもあってか、俺は染まっていく学生を多く見てきた。今の『オーシャン』ではそうした人種は殆ど排斥されているが、かつてのメンバーや他のサークルの話はよく耳に入ってくる。

……俺はその類の人種にはなりたくない。

これは論理的思考から導き出されるものではなく、ただの感情論だった。

問題は真波を家に入れることが、俺の倫理観に引っ掛かるかどうかということなのだが。

「アンタが変な気を起こさない限り大丈夫よ。そしてアンタにそんな度胸はない」

真波があっさりと言って退けて、俺は何故か反抗したくなった。

「それは何かムカつくな！」

「ふうん。じゃあ襲ってみる？　私は別に、相手がアンタなら言い触らしたりしないけど。高校時代の約束を反故にしてる借りもあるしね」

真波が試す表情で、こちらを上目遣いしてくる。

「……だ、代償は？」

「ないわよ。ご自由にどうぞ？」

俺は思わず息を呑んだ。

「か、からかってんじゃねー！　やめろそれ！」

真波はケラケラ笑ってから、俺の背中をトンと押した。

「こっちなんでしょ？　ほら、連れて行きなさいよ」

「え、何で方角知ってんの？　怖すぎるんですけど」

「アンタがこっちから来たからよ。さっきからちょいちょい犯罪者扱いするなっての」

そう言って真波は、俺の腕を引っ張った。

腕を摑む力は、心なしかいつもより控えめだった。


住宅街の通り道。

東桜丘駅から自宅までは十五分と掛からない距離だが、念のため迂回して家を目指す。

そのため俺と真波は、かれこれ二十分以上歩いていた。

誰も近寄らないような小道を進んでいると、ついに真波が文句を言った。

「ねえ、なんでわざわざこんな砂利道ばっかり通ってんのよ。さっき大通りあったじゃない」

「仕方ないだろ。七野も徒歩圏内に住んでるから、見られるのは嫌だ」

俺の言葉に、真波は「えっ」と反応した。

立ち止まって振り返ると、こめかみに指を当てて唸っている。

「……それならアンタの家に直接出向けばよかった。いなかったと思うけど……」

真波はそう呟いてから、想起するように瞼を閉じる。

自身の記憶から七野に似た人物を見かけたかを探しているらしい。

その様子を見て、俺は肩を竦めた。

「あー、ほぼ大丈夫。あいつ今日講義あるから」

「そなの？　それが分かってるなら、なんでこんな道」

「念のためだよ。見られるって今日の話じゃなくて、これからの話。万が一、次の機会があったらここを通れよ」

「嫌よ、覚えてないし。てか先に言いなさいよねそういうことは。ていうかもう二度と来ないから！」

真波の宣言に、俺は再度立ち止まる。

「じゃあほんとに絶対来るなよ？」

ここで言質を取れたら話は早い。今日限りであるならば、こんな遠回りはしなくて済む。

俺の思惑が伝わったのか定かではないが、真波は数回瞬きした後、頷いた。

「あ、当たり前でしょ？　私がアンタの家に行くのは、あくまでチェックのため。それと、もし汚かった時アンタに掃除させるためよ」

「もし七野が来る時は死ぬ気で掃除するっての」

「突然来る時もあるから、今日抜き打ちチェックするのよ。アンタほんとにモテないのね」

「い、いつかモテるから！」

抗議をしながら、俺は再度歩を進める。

やがて築五年のアパートが視界に入り、俺は「あれだ」と指差した。

「へえ、外観は綺麗。高いんじゃないの？」

「そこそこな」

俺は短く答えて、話を終わらせる。

部屋の様子を思い出したいので、それどころではない。

……部屋は散らかっているだろうが、真波を不快にさせるレベルなのかは判らない。

水回りがどれ程汚れているのかが朧げで、かなり不安だ。

ドン引きされる汚さではありませんように。

できれば見栄を張りたかったけれど、恋愛指南という名目がある以上、そのままの姿を晒すしかない。

掃除の行き届いた階段を上がり、二階廊下を進む。

塀越しに見える桜の木は、今は沢山の緑葉を茂らせていた。

鍵を回して重めの扉を開けると、いつもの光景が飛び込んできた。

……今日に限って廊下に脱ぎっぱなしの靴下が一つ落ちていた。

もう一つはどこに行った。

真波が俺の肩越しにその景観を眺めて、小さく息を吐く。

「生活感溢れてるわね」

「お……男なんてみんなこんなもんだって」

「七野さんもそう思ってくれるといいわね」

「ぐ……気を付けます……」

項垂れていると、真波はヒョイと俺の腕の下を潜って玄関先に侵入する。

慣れた手つきで靴を揃えて、「お邪魔しまーす」と緊張感の欠片もない声を出した。

扉を閉めると、真波の足音がよく聞こえる。

この空間に俺以外の人間が存在するのは何だか不思議な感覚だった。

エアコンが付けっぱなしだったようで、部屋の中には涼しい冷気が漂っている。俺は心地良さに浸りながら部屋へ入ると、案の定真波に指摘された。

「ねえ、エアコン付いてるわよ」

「ごめん。消し忘れてた」

思わずすぐに謝罪すると、真波はかぶりを振った。

「ううん、部屋に入った瞬間涼しいのは嬉しかったわ。電気代は勿体ないけど、短時間家を空けるくらいならアリかもね」

「おお、そんな意見もあるのか」

確かに言われてみれば、室内に入った途端の冷気はいつも心地良いものだ。外との明確な隔たりを感じさせるためにも有効かもしれない。

そんなことを考えていると、真波が部屋を一周くるりと回り、カーペットに直接腰を下ろした。

汎用性の高いブラウンのカーペットはどの家具を置いても馴染(なじ)んでくれる。そして小さなゴミを目立たなくしてくれるという利点もある。

小さなゴミとは、例えば——

「んん……」

真波は手の甲についた髪の毛をまじまじ眺めて、ゴミ箱に捨てた。

それから真波は恐る恐るカーペットを注視して、何かを見つけたのか盛大な溜息(ためいき)を吐(つ)いた。

「……此処(ここ)、こうして手をついてるだけで色んなものが付着しそうな部屋ね。コロコロはしてるの？」

粘着テープを転がす器具のことを言っているのか、真波は腕を前後に数回動かした。

俺も一人暮らしを始めた当初は、掃除機で吸い取れなかったゴミをコロコロでカバーしていた。

住み始めてから一年以上経(た)てば、多少サボってしまうのも仕方ないというもの。

「いや、まあ人を招く前くらいは……」

「アンタ人招くの？」

「全然」

「じゃあしてないでしょ。せめて週一くらいでしなさいな」

真波は腰を上げて、辺りを徘徊する。

お風呂まで覗いたのはびっくりしたが、さすがの真波も事細かに観察はせずにすぐ折戸を閉めた。

「ここも、あと洗面所も。絶対絶対、掃除しておくこと」

「え、そこ見られる時とかあるのか」

「……アンタもう大学生でしょ。デートで家に招くなら、相手もそういうのは多少覚悟してるわよ」

真波の言わんとしている内容をやっと察して、俺は唾を呑んだ。

「……ま、アンタにそんな度胸はないか」

「なんでだよ。あるかもしれないだろ」

「ないわよ。私にそういう欲、発散しなかった訳だし。後悔してない？」

「してねーよ。そんな真似しようとしたらぶん殴ってくるくせに、よく言うわ」

「うーん。そういう素振りも見せなかった、の方が正しいかな。だから私もこうして家に上がれてるんだけど」

真波がベッドに座ったので、俺もそれに倣う。

横並びになったが、真波は本当に気を抜いているらしく、こちらを一瞥もしなかった。

「アンタ、もう少し強気でいたら？　そっちの方が良い方向に転ぶ場合もあると思う」

「自信持ってってことか？」

「そうね。自信を持つために選択肢を増やしてほしかったんだし。梨奈先輩って人に色々教えてもらったんでしょ？」

「まあ、教えてもらったけど。……自信がつくのはまだ先になりそうだわ」

「ふうん。じゃあ、とりあえず脱いでみて」

沈黙が降りた。秒針の進む音が部屋を支配する。

——脱いで。

確かに真波はそう言った。

その三文字にどのような意味が内包されているのかをたっぷり数秒考えて、俺は上体を仰け反らせた。

「……は!?」

「なに勘違いしてるの。アンタにジャケット着てもらった意味教えようとしてたのよ」

その言葉で、ようやく自分がこの季節に上着を羽織っていることを思い出した。

夏用のジャケットということで通気性は抜群らしいが、羽織らない方が快適なのは間違いない。

そんなジャケットを脱ぎながら、俺は口を開いた。

「……コレくそ暑かったんだけど、着せたのにどんな意図があったんだ？」

真波は俺の勘違いに言及するか迷うような仕草を見せたものの、すぐに切り替えた。

スルーしてくれてありがとう。

「ギャップを確認しておきたくてね。もう一回羽織って」

「ギャップ？」

「いいから羽織って」

言われるがまま羽織ると、真波は頷いた。

「やっぱ使える可能性あるわね」

「なにが？　ていうかさっきから俺に何させてる訳？」

俺が訊くと、真波は勢いよく掌を翳した。

「恋愛指南、その五！　初デートの最初は、相手を緊張させるべし！」

「へ？」

「そのためのジャケットよ。デートでフォーマルな格好で来られると、相手も多少緊張する。ランチまで予約してくれてたら尚更ね」

真波は天井を見上げて、それから小さく息を吐いた。

「この小手先があの子に通用すればいいけど」

「先生本人に自信ないの⁉　今回めちゃくちゃすぎない⁉」

俺が思わずそう返すと、真波は目を瞬かせた。

「あはは、ごめん。矛盾するようだけど、アンタなら何らかの効果があるとも思ってるわよ？」

真波はあっけらかんと言葉を並べていく。

「服装だったり予約っていう特別感で、相手を緊張させて……アンタの雑談でその緊張を解してあげる。七野さん相手なら、アンタはできるだろうし」

「なんでそんな確信してんだよ」

「確信っていうか、信じてるっていうか」

真波はこともなげに返事をして、髪を耳に掛けた。

「緊張の緩和は、安心感と同じ。要はアンタに安心感があるって七野さんに錯覚させるのよ。アンタは安心できる人だって、強く思わせる。それできっと、あの子との距離は縮まるわ」

「……俺が最初緊張しそうなんだけど」

「あー、その場合もあるか。でも、スマートなら格好つくし、慣れてなさそうなら頑張ってくれたんだなって分かるでしょ。どちらに転んでも良い方に作用すると思うわ」

確かに仲良い人が自分のために頑張ってくれているというのは、悪い気はしない。

七野と俺の関係がある程度深いことが条件にあったとしても自信はあった。

「これさ、アンタは服装や予約以外はいつも通りな訳だし、かなりコスパ良くない？」

「うん……デート本番前に色々仕込めるのは有利かも」

「でしょ。本番中に慣れない事あれこれ考えてると、却って緊張しちゃうだろうし。初デートは最も重要っていっても過言じゃないから、緊張しすぎも良くないわ」

真波の恋愛指南はこれで一旦終了なのか、彼女はぐっと身体を伸ばした。

……真波との今の関係には場慣れや失敗慣れという意味もある。

唐突かもしれないが、俺は梨奈先輩のアドバイスを一回試すことにした。

目線の高さを合わせて距離を詰めるというアドバイスだ。

口説かれ慣れているであろう真波に効くのなら、七野への効果にもある程度期待を持てそうだと思った。

真波よりいくらか深く座り直して、目線の高さが合うように調整する。

再会してから最も至近距離になったこともあり、隣で真波がピクリと反応したのが判る。

しかし何も言及してこなかったので、俺は実験を続行する。

大きく咳払いすると、真波が反応してこちらに目をやった。

僅かにタイミングをずらして、真波と目を合わせる。

俺たちの視線がパチンと合った。

彼女の神秘的なほど黒々しい瞳は僅かに濡れている。

真波が目を見開くのが分かった。

――瞬間、青い日の記憶が刺激された。

俺と真波は偽の恋人関係を忠実に守った。

だがその身体に一度も触れなかった訳ではない。

周りに恋仲だと認知してもらうために何度か手を繋いだし、そして――その先も、一度だけ。

気持ちが心底繋がっていない関係性だとお互いが認知していても、当時の俺たちにとって、そうするべき瞬間が存在した。

しかし俺はあの時、あの瞬間だけは心が通じ合った気がしたのだ。

言葉にして確かめたことなどない。

高校時代の俺は訊いてみたいと思っていても、行動に移す理由が足りなかった。

その状況は、今も変わっていない。

「……なによ、見つめちゃって」

「……どうだ？」

俺は今しがたの思考を放棄して、真波に訊いた。

「何が？」

「目線の高さ合わせてるんだけど、感じるものあるか？」

そう言うと、真波は目を瞬かせた。

「……そうね、ちょっとあからさまかも。それ、きっと喋りながら自然にするテクニックだと思う」

「……そういえば先輩もちょっと喋ってたっけな」

溜息を吐いて、俺はベッドから腰を上げた。

真波もそれに倣って立ち上がると、「じゃ、私帰るね」とあっさり告げた。

お茶の一つも出せと言われそうだったので拍子抜けだったが、俺は首を縦に振った。

「おう。今日はありがとな」

「どういたしまして。部屋の掃除、しっかりやっておきなさいよ？」

「分かってる。七野のためだし」

玄関へ歩いていき、真波はヒールを履いた。

スカーフの位置を手直しする真波を見て、暫し逡巡した末に、勇気を出して言ってみた。

「それ、似合ってるな」

「ありがと。うん、褒め方はその調子よ」

「いえい！」

「あはは。七野さんとのデート、上手くいくように願っとく。報われたら良いわね」

真波がこんなに真っ直ぐな応援をしてくれたのは初めてだ。

俺は違和感を覚えて、目を細めた。

「……そうだな。真波にも、こんなに時間を貰ってる訳だし」

俺が玄関のドアを開けると、真波は先に廊下へ出た。

振り返らないまま、彼女は言葉を紡いでいく。

「私の時間は気にしないで。私はアンタから、沢山時間を奪っちゃったから──今度は本物の時間を。応援してるからね」

「何だよ急に」

真波は何も言えないようだった。

胸の奥底にある言葉を引き出すか否か迷っているように、口を開けたり、閉めたりしている。

「今から私は、またアンタとは会わなくなる」

──唐突だった。

俺は一瞬返答に窮し、ようやく口を開く。

「え？」

「だから、最後にこれだけは言わせて？　デートで一番重要なのは、自分も楽しむことよ」

真波はこともなげに言葉を並べていく。

今しがたの発言に返事をしたい気持ちを抑えて、俺は耳を澄ませた。

真波が改まって会わないと発言すれば、本当にそうなりそうな気がする。

真波と会うのがこれで最後になるのなら、聞き逃したくない。

「楽しむ気持ちや、退屈な気持ち。そういうのは相手にも伝わるものだから」

それは理解できる。

だがやはり、今しがたの発言に触れないのは無理だった。

「なんで会わないんだ？　それ、また縁を切るってことか？」

俺の問いに、真波は無言で頷いた。

そして廊下を進み、階段を降りていく。一歩遅れて追いかける俺に構わず真波は歩き続けて、アパートの敷地から出る直前に立ち止まった。

「縁を切るって、角が立つ言い方だけど。でもそうね、間違ってない。アンタが元カノと会うっていうのは、七野さんにとってマイナスだから」

「何で言い切れるんだよ」

「……常識的に考えてかな。アンタ、自分をデートに誘ってきてくれた女子が元カレと会い続けてたらどう思う？　付き合い立ての彼女が、元カレと連絡取り続けてたら？」

俺はそれを想像し、口籠(くちごも)った。

「ほらね。アンタもほんとは分かってる」

「でも、偽物だったんだろ？」

偽物の恋人関係。

それなら、普通の関係に戻れるはずだ。

こうして何度も会っていく中で、関係が深まっていく中で、いきなり縁を切るという選択は取りづらい。

真波と一緒に過ごす時間は、なんだかんだ楽しかった。それだけでは縁を保つ理由にならないのだろうか。

人としての相性が良いからこそ、自分から関係を切るのは心情的に厳しい。

「偽物だって知ってるのは、私たちだけよ。……高校時代の約束をまた蔑ろにするのは申し訳ない。でも、アンタの恋愛の方が大事だから」

「そんなのはいい。でも——」

「アンタの成就を信じてるわ」

真波は笑って、最後に俺に向き直った。

「じゃあね、創。なんだかんだ、楽しかった」

そう言い残して、真波は去って行った。

突如俺の日常に溶け込んできた偽カノ柚木真波は、こうしてあっさり姿を消した。

哀しくはあったが、納得もしていた。


――アンタの恋愛、ひとまず私がプロデュースしてあげる！


つまりこれは、その〝ひとまず〟が終わっただけの話。

義理を欠かれたなんて気持ちは微塵もない。

真波はしっかり恋愛指南をしてくれた。

以前真波は言っていた。

『私がアンタとの再会に……何かしらの意味を与えたいだけかも』と。

……俺も同じく、再会に意味を与えたい。

自分の恋路を実らせてこそ、真波との関係は最後まで良い思い出になる。

――人との関係が終わる時は、終わり良ければ全て良しにしたい。

高校時代の真波はそうも言っていたが、その心持ちが変わっていなかったからこそ、この年になって神様が俺たちを再会させてくれたのかもしれない。

偽の恋人関係を終わらす際――きっと全て良しにはならなかったから。

それは別れてから一言も交わさなかった事実からも明白だ。

だからもしかしたら、真波は過去の関係を清算するために。

そこまで考えた俺は、ぶんぶんと頭を振った。

今集中するべきは真波じゃない。全てが済んでから、いくらでも想起すればいい。

感謝はしつつ、意識の百パーセントを彼女に充てる。

即ち、七野優花。

高三に振られて以来、俺の中で二度目のゴングが鳴っている。

あとは、実戦あるのみだ。

☑第9話　本番

　土曜日十一時五十分、俺は桜丘駅前でそわそわしながら待機していた。

……とてつもない緊張感だ。

七野と喋ること自体はありがたいことに日常茶飯事で、友人モードの俺にとっては朝飯前といっても過言ではない。

　だが、今日はいつもと決定的に異なっている。

それはこの一日が、七野優花と交際関係に至るための時間だということ。

真波にも梨奈先輩にも協力してもらった。

初デートから躓くようでは、二人に顔向けできない。

無論もう真波とは会えないし、梨奈先輩は俺が失敗したとて全く気にしないだろう。それどころか先輩は面白がりそうな節もある。

　しかし今しがたの思考は俺が緊張を掻き消す上で必要な回路だったので、変わらず自分に言い聞かせた。

……今日が大事、今日が大事。

人通りが比較的少ない方の改札西口。

約束の時間は十二時だったので、そろそろ現れてもおかしくない頃だ。

俺は改札から視線を逸らさず、今か今かと待ち構える。

七野の背丈に近い女性が出てくる度に身体がビクリと反応してしまうほど、感覚が研ぎ澄まされている。側から不審者だと思われていないかだけが心配だった。

「くそ……緊張する」

「緊張してるの？」

「うわぉぁ!?」

上半身をくの字に曲げてから、俺は声の方へ振り返った。

「やほ、ガッサ。お待たせお待たせ」

——七野だ。

ベージュのカーディガンをブラウンのTシャツに重ねて、デニムのショートパンツを穿いている。

緩く巻いたセミロングの茶髪には金のメッシュが一本だけ入っており、完全に休日モードだ。

「七野っ、なんで後ろから！　改札通ってきてないよな？」

「あえて中央改札で降りたんだー。後ろからびっくりさせようかなって」

「心臓止まるかと思った……」

「喜んでくれて何よりだっ」

どう解釈したら喜んでいるように見えるのか不明だけれど、悪い気はしないので言い返すのはやめておいた。

こちらにニコッと口角を上げてみせる七野は、いつもの二倍増しで可愛い。

薄ピンクの唇は健康的に艶めいてるし、くりんとした瞳は心なしか色彩が淡い。

「そ……それ、もしかしてカラコン？」

俺が言うと、七野は驚いたように目を大きくした。

「正解。すごいねガッサ、会ってすぐなのに」

「光の加減で丁度分かりやすかったんだ。めっちゃ似合ってるな」

「ありがと。ガッサも今日、何かかっこいいね」

七野はそう返事して、ジャケットの裾をぴろんと弾いた。

いくら薄手といってもこの炎天下では服を重ねるだけで焼けるように暑いのだが、彼女の発言で全てが報われた気がした。

しかし、初デートにおいて肝心の緊張感は七野から感じない。

人は自分よりも緊張している人を見ると落ち着くらしいから、俺が七野の何倍も緊張してしまっているのも要因かもしれない。

正直ここまで緊張するのは自分でも予想外だ。

真波からは余裕のある男を目指せと言われていたし、俺自身の緊張を早く解さなければいけない。

七野の拘りであろうカラコンを褒めることができて微かな手応えを感じているものの、まだ一手目が成功しただけ。

これからいくつもある選択肢をクリアしていかなければ、七野の意識を変えるのは難しい。

俺は改めて気合いを入れて、口を開いた。

「行こう。お昼、予約してあるんだ」

「お、そうなんだ？　やるねお主」

「ふはは」

無理やり口をこじ開けると、乾いた笑い声が漏れ出した。

自分でも引くくらい感情が籠っていない。

七野はそれに特に反応を示さず、大通りへ向けて指差した。

「れっつらごー！」

「おう、ごう！」

緊張は語彙力を殺すのだと、俺は学んだ。

俺たちが赴いたのは、八階建のビルに構えるカフェ『クレプスキュール』。

真波からオススメされたサイトに記載されていたお店だ。

無難に『桜丘駅前　お洒落なカフェ』や『桜丘駅前　デート　カフェ』と検索しても引っ掛からないお店しか載っていないサイトらしく、真波曰く「結構時間掛けないと辿り着けないサイト」のようだ。

『クレプスキュール』自体も分かり易い場所にあった訳ではなく、入り組んだ路地にある何の変哲もないビルの五階。

しかもビルへ入って少し歩いた場所にあるエレベーター付近に案内板が設置されているため、外からではこの建物にカフェがあることすら分からない。

そんな隠れ家のようなお店へ迷わず入店できたのは、あの言葉のお陰だ。

——集合時間より早めに行って、場所だけ確認しておきなさい。

アドバイスに従って、先にお店の場所を確認したのが功を奏した。

七野も「すご、よく知ってたね」と驚いた様子だった。

予約したのが窓際のカウンター席だったので天気が心配だったが、幸いにもカラッとした晴れ模様。

胸を撫で下ろすと同時に、次のミッションだ。

七野が俺の隣に座ってから、彼女の目線の高さを確認しておく。

目線で、七野との距離を縮める。

梨奈先輩のような自然な動作ができるかは分からないけれど、せめて真似事くらいは挑戦してみたい。

「ガッサ、何頼む？」

「えーっと……」

視線の位置が近付いて、七野との距離が物理的に縮まる。

七野は特に気にした様子もなく俺を見つめ続けた。

「こ……此処って有名なメニューがあるんだよ。子持ち鮎のコンフィだっけな。あとカフェなのにステーキも注文できて——」

「コンフィ？」

七野は聞き慣れないといった様子で小首をコテンと傾げた。

至近距離でその仕草をされては、男としては否が応でも心臓が跳ね上がってしまう。距離を詰めた結果、俺がますます意識することになってしまった。

このテクニックは梨奈先輩だから行使できるのであって、今の俺が意中の相手に行使しようとしてもカウンターを食らうだけだった。

「ねえねえ、コンフィってなに？」

それでも、じわじわ幸福感が湧き上がってくる。

今、俺は七野と休日に二人きり。

平日は空きコマや休み時間、放課後と何かにつけて時間制限があるし、第三者の乱入もある。

それが今日は、一日中七野優花を独占できる。

緊張が幸福感に変移していくのを自覚しながら、俺はつらつら言葉を並べた。

「えっと、コンフィはな。低温オイルでじっくり煮込んだフレンチメニューの名称だよ。俺もこの前調べて初めて知ったんだけど」

「そうなんだ。私そういう調理名とかに疎いんだけど、ガッサに教えてもらえるなんて思ってなかったな」

「おいおいそれは俺が料理できないことへの揶揄か？」

「違うよー、ガッサが事前に勉強してきたのが意外なだけ」

七野はクスクス笑みを溢して、俺の手元にメニュー表を置いてくれた。

せっかく二人で横並びになっているからと、俺は間に移動させる。

「ありがと、でも私決めてるの。ガッサおすすめの子持ち鮎のコンフィと、あとはアイスラテ」

「うお、早いな」

俺は慌ててメニュー表を捲って、すぐに目星をつけて店員さんを呼んだ。

デート中に優柔不断だと思われたくない。日常生活とは異なる自分で、高校時代との差をアピールしたかった。

初デートは最も重要といっても過言ではない、まさに戦場。

俺はステーキセットとアイスカフェラテを注文して、やっと一息つく。

再度梨奈先輩の教えに挑戦しようとした瞬間、七野は店内を見渡した。

「良いお店だね。こういうところよく来るの？」

「まさか。普段は食堂くらいだな、あとはコンビニ弁当」

「最近のコンビニ弁当って美味しそうだもんね。私もたまにはサボっちゃおうかなぁ」

「七野って料理すんの？」

「結構するから、その質問多分五回目くらいだよっ」

「このくだりが好きなのでいずれ六回目もありますね」

「その返事も前と同じ！　記憶力の鬼！」

七野がつっこみながら、笑みを溢した。

緊張感が解けていく。

凝り固まった肩肘が次第に下がっていき、普段通りの姿勢に戻る。

瞬間、脳裏に言葉が過った。

──デートで一番重要なのは、自分も楽しむことよ。

デートは二人きり。

片方が楽しそうでなければ、そのマイナスな気持ちは伝染する。

目線の高さなんていつの間にか調整するのも難しいほどズレてしまったが、今は気にしないことにした。

俺が過度に緊張していたのは七野とデートをするという名目も勿論あるが、慣れないテクニックを使おうと意識しすぎたというのも恐らくある。

こうしたテクニックはあくまでプラスアルファで取り組むべきものであって、それがデートの主体ではない。

昨日、真波も同様の忠告をしてくれていた。

真波による場慣れがなかったら、俺の緊張は更に増して、こうして冷静になれる時間すら無かったはずだ。

それから俺は気持ちを切り替えて、店員から注文の品々が配膳されるまで普段通りの雑談に花を咲かせた。

今週の出来事から始まり、バイトの話、YouTuber やタレントの話。

意外にも趣味の合う俺たちは、特に気負わなければいつまでも雑談を続けられる。俺にとってそういった異性の存在は貴重だった。

そうした貴重な存在が七野優花だという現実は、ふとした瞬間に幸せだと思わせてくれる。

『オーシャン』の先輩たちがいくら声を掛けても活動に参加するのは稀だというのに、自分の誘いに応じてくれる。休日に、何でもない雑談で笑ってくれる。

七野に対して踏み込んだ話をする機会は殆ど無いけれど、ただ雑談できるだけで俺はささやかに満足していた。

「——お待たせしました」

注文してから十五分ほど経ち、店員が俺たちの間に注文の品々を運んでくると、七野は嬉しそうに控えめな拍手をした。

「わっ、美味しそう」

「だな。写真撮っとく？」

洒落た盛り付けだったので提案すると、七野はウインクで応えた。

「大丈夫。この日に焼き付けたから」

「そっか、相変わらずだな」

インスタやツイッターなどやっていれば写真をアップしたい欲求も出てくるものだが、七野はどちらもやっていないのもあって、食事前に撮影している姿を見たためしはあまり記憶になかった。

写真の一枚でも撮って思い出に残したい気持ちもあったけれど、この場で男だけ撮るというのも憚(はばか)られる。

俺は諦めてナイフを手に取り、ステーキを切っていく。

前後に動かすナイフが厚めの肉から皿に到達する。

その感覚が手に伝わった瞬間、シャッター音が鳴った。

「ねえガッサ、これアイコンにしなよ」

「へ？」

七野が唐突にスマホをこちらに寄こしたので確認したら、俺が写っていた。ナイフでステーキを切っている最中の写真だ。

カメラ目線じゃない俺と窓越しの背景が、構図として上手(うま)く調和されている。

「うお、超良い感じなんだけど！　ありがとう！」

「いひひ、撮影の天才だぜっ」

七野はそう戯(おど)けてピースする。

その時、俺にも一つの欲求が湧いた。

今日の七野を写真に残したい。

大学構内ではなく、お洒落なカフェにいる七野。普段の私服よりも気合の入ったコーデに身を包む、休日モードの七野を。

……再燃してしまうと、こういった欲求も出てくるらしい。

だが俺は七野単体の写真を自分で撮ったことなんてない。

サークル活動中に誰かが撮った七野の写真は何枚もアルバムに入っているが、そこには必ず他のサークル員が写り込んでいる。

今まで二人きりの時に写真を撮りたいなんて言ったこともないし、切り出し方に迷ってしまう。

内心で散々迷った挙句、俺はストレートに伝えることにした。

「なあ、七野の写真撮っていいか？」

「ん、全然いいよ？」

意外にも七野はすぐにそう言って、ピースを裏返した。

小首を傾げて、ウインクまでしてくれる。

「くっそ可愛い」

思わず漏れた本音に、七野は目をパチクリさせた後、プッと吹き出した。

「ありがと。照れた」

「そ、そうか？　まあ今までこういうのあんまり言ってなかったもんな」

「うん。ほら、早く撮ってよ」

催促されて、俺は慌ててシャッターボタンを押した。

構図も何も拘っていない写真だったが、そこに七野がいるだけで輝いた写真に見える。

七野は俺からスマホを受け取り、画面を吟味するような眼差しで見つめて「うん、おっけー」と頷いた。

「盛れてた？」

「盛れるとかはあんまり気にしないんだけど、変に写ってるのはやだし」

写真を撮る機会は少なくても、やはりそういうところはしっかり女子だ。

「ガッサ、これ後で送ってね」

「もちろん」

七野は俺にスマホを返してから、自分の食事に戻った。

口に運ぶたびに「おっ、美味い」とか「うん、いける」とか反応してくれて、お店を予約した身としては嬉しいものだ。サークル飲み会の幹事でお店を予約した経験は何度もあるが、その際はこんな心情にならなかった。

何処へ行くかではなく、誰と行くか。

七野と一緒にいたら、それを強く実感する。

「ねえ、見過ぎだよー」

いつの間にか仕草一つ一つに見入っていたらしく、慌てて視線を逸らす。

可笑しそうに笑う七野がチラッと視界の隅に入って、俺は喜びを噛み締めた。

ショッピングモール『Garden』へ辿り着く頃、俺はいつもの自分を取り戻していた。

この『Garden』が昼食をとったカフェ『クレプスキュール』とは異なり、最近真波と赴いていた場所というのが要因に思える。

真波は「先に経験すると余裕が生まれる」と言っていたが、ようやく実感できてきた。見慣れた場所にいるというだけで、今まで思い浮かばなかった話題が次々湧いてきている。

……真波の恋愛指南はやはり信用できそうだ。となれば、早速七野と化粧品売り場に行って、女子ならではの買い物に付き合いたいところ。

化粧品の買い物で盛り上がれる男が七野の琴線に触れるかは判らないが、挑戦する価値はある。

しかし、男の俺から化粧品売り場へ行きたいと提案するのは些か不自然な気がした。

七野はそういった違和感へ敏感に気付くイメージがある。

……余裕の生まれた今なら、上手く七野を誘導できるだろうか。

俺は通路に並べられた広告ポスターに視線を泳がせる仕草をした後、口を開いた。

「そういや最近、男もメイクする時代って広告見かけるよな」

「あー確かに。たまにあるね」

七野も同じく視線を泳がせたが、メンズコスメのポスターは見つからなかったようだ。

それもそのはず、俺はポスターから話題を持ってきたと思わせたかっただけで、メンズコスメを載せたポスターはこの通路に飾られていない。

この歩き続ける状況下では、仮にそのポスターが実在していても確認できない可能性が大いにあるし、異性向けの広告なんて踵を返して見に行くものでもない。

思惑通り、七野はあっさり探すのを諦めて視線を外した。

「メイクかー」

俺が呟くと、七野は興味をそそられたように返事をする。

「お、ガッサもメイクするの？」

「いやー、やっぱ俺はそんな細かい作業できる自信ないな。でも七野とかそれ毎日やってんだもんな」

「そだよ、寝坊しても最低限はしなきゃだもん。女子は皆んな大変なんだ〜」

「でも今日もメイクばっちりじゃん。どうやってしてんの？」

「それ説明しても、ガッサ分かんないでしょ」

七野がクスクス笑ったので、俺はしめたと思った。

「実際に商品見ながら、七野の解説聞いてみたいな。いきなりメイクはハードル高いけど、女子がどういうルーティン送ってるのかは興味ある」

「お、ほんと？　じゃー化粧品売り場行ってみよっか。私が教えて差し上げようっ」

「ありがたき幸せ」

……よし！

女子の買い物に付き合えるというアピールになったかは微妙なところだが、今のやり取りで化粧品に興味を示す稀有な存在になったのには違いない。

スムーズに話を進められた自分に感動しながら、俺は七野と目的地へ向かう。

先に七野がエスカレーターに乗り、俺も後に続く。

緩やかに下降していく景色から視線を移すと、七野の後ろ姿が視界に入った。丈長のカーディガンを羽織っているのもあって、ショートパンツが殆ど見えず、いきなり太ももが登場している錯覚に陥る。

小さい身長から垣間見える女性らしい太ももに、俺は思わず喉を鳴らした。

「はれんち」

「へっ」

「見てたでしょー、分かるんだからね」

「ごめんごめん」

すぐに謝ると、七野が意外そうな表情を浮かべながら振り返った。

「もしかしてほんとに見てた？」

「カマかけてたのかよ！　認めなきゃよかった！」

「わはは、夜ご飯奢りでーっ」

七野はそう言うと、エスカレーターから一足先に降り立った。

化粧品売り場へ歩を進める小さな背中を眺めながら、俺は想いを馳せる。

……七野は意外によく喋るし、笑うし、戯ける。

周囲の人間から抱かれているイメージと合致しないのが、俺の知る七野優花だ。

初見の人は七野に対してフレンドリーそうだと感じ、顔見知り程度の人は壁があると感じる。そして友達になればまたフレンドリーなイメージに戻り、更に関係が深まっていくとまた壁を感じる。

七野の性格を完璧に把握できている人間は、少なくとも俺の大学にはいないだろう。

そしてそれは、俺も含めて。

高校時代より七野と打ち解けた。

だが同時に、彼女の壁を壊し切れていない感覚もあった。

サークル活動中の七野が何らかの仮面を被っているのが分かるくらいには、親しくなれた。しかしそれがどのような仮面か、何を目的とした仮面かが解らない。

解ろうとする質問すら、してはいけないと思わされる。

だからかつては、ずっと気付かないフリをしていた。七野と日常生活を送るだけでも、充分楽しかったから。

……今は違う。

今の俺は、その壁を壊したい。

そもそも何故俺と七野の間に壁があるんだと思ってしまう。

相手が梨奈先輩ならそれは先輩後輩の壁だと納得できるし、真波なら長い間喋らなかったブランクだと納得できる。

しかし七野とは高校時代を含めると三年弱の付き合いだ。

特に大学へ入学してからは二人きりで過ごす時間も長く、他の人より気心知れた仲になっている。

七野の心に近付いている。

そうした自負があったから、七野への想いは胸の奥底で燻り続けていたのかもしれない。

それでも、はっきり壁がある。

たまに告白しないでねと冗談混じりに言われたり、休日に二人で遊ぶ話が出なかったり、ではない。

この中には入らせないという壁が、幾重も重なっているという確信。

——そこが良い。そういうところも七野優花の良いところだ。

俺は幾重も重なった壁を数枚破りながらも、現状最深部でないのは明白だ。

一見大人しめだが社交的で、その実、型にはまらない七野の性格。

三年近く過ごしても解らない部分を、解りたい。

知らない七野優花がいるのなら、俺は仲良くなってみたい。

七野の理解者になりたいだなんて、彼女の立場からしたら傲慢な主張に違いない。

でも解りたいと思う気持ちそのものは、悪い気持ちじゃないと信じたいから。

……七野と付き合えたら、本当に幸せだろうな。

好きな人の、知らない部分も知れて、好きな部分が増大するのだから。

正直七野が百パーセント俺を好きでいてくれている姿はまだ想像もつかないが、その兆しだけでもこの初デートで摑(つか)めたら万々歳。

「おーい。着いたよーっ」

七野が俺の眼前に手を翳(かざ)して、ヒラヒラ振った。

扇(あお)がれるまま、思考が脳の彼方(かなた)へ霧散する。

「ぼーっとしてた！」

「見れば分かる！」

七野は口角を上げて、俺の肩を指で弾いた。

化粧品を観覧するのはついこの間以来だ。

色とりどりのパッケージが上品なショーケースに並べられており、男子学生には縁遠い香りがフロア全体に漂っている。

実際以前と同じく、このフロアにいる男性は殆ど見受けられない。

今日が土曜日というのもあり先週の数倍混み合っているが、それでも男性は数少ないので、やはり本来俺のような人間が訪れる場所ではないのだろう。

いや、だからこそ希少価値の高い存在になれる。

隣に歩く七野は視線を泳がせながら、上機嫌そうに鼻歌を歌う。

真波から貰った恋愛指南は〝外観を褒めるべし〟。

恋愛指南に従って「このパッケージお洒落だな」「おお、コレ可愛い」「高級感すげえ」など言葉を並べていく。

七野も「でしょ？　このブランドお気に入りなんだっ」「毎朝気持ちが上がるんだよね～」と反応は上々。

化粧品フロアではいくつものブランドが所狭しと立ち並んでおり、男でも耳馴染(なじ)みのある人気ブランドでは長蛇の列ができている。

暫(しばら)く見物しながら回っていると、七野がチラチラ同じコスメカウンターへ視線を飛ばしているのが判った。

「あそこ行くか？」

「え、うーん。人多いし、また今度にしようかなぁ」

「気にすんなって。俺も異世界に迷い込んだみたいで楽しいんだ」

遠慮されないようにそう告げると、七野はプッと吹き出した。

「じゃ、付いてきてもらおうかな。その代わりさっきのはれんち、チャラにしてあげるっ」

七野はその場でぴょこんと跳ねる。

本人は無意識でその挙動なのか、特に言及しなくてもニコニコしている。

女子は皆んなこんなに化粧品売り場にテンションが上がるのか、七野が特別なのか。

それを判断する経験値は無いが、真波の提言はまた的中したようだ。

七野お目当てのコスメカウンターに到着すると、黒一色の制服に身を包んだスタッフと目が合った。こちらも普段お目にかからない、二、三十代の大人の女性。

七野はそのスタッフに訊(き)いた。

「すみません。今ってタッチアップしてもらえますか？」

「申し訳ございません、只今大変混み合っておりまして……タッチアップは整理券をお持ちのお客様のみのご案内となっておりますが、いかがしましょう？」

「あ、じゃあ今日は大丈夫ですっ」

七野が和やかに答えると、スタッフはお礼とともに頭を下げた。

俺はスタッフから離れた後、七野に質問する。

「タッチアップって何？　野球？」

「誰も犠牲にならないし得点も入りません。タッチアップはね、スタッフさんから肌を確認してもらって、自分に合った商品を選定して貰えたりするサービスかな」

「へえ……女子って皆んな自分で選んだりするもんかと思ってた」

「そういう人もいるのかな？　でも最初はやっぱりプロのBAさんに見てもらった方がいいと思うなぁ……ガッサもメンズコスメ選ぶ時は、まずタッチアップしてもらうのがオススメだよ」

七野はそう言って、俺に目をやった。

「また今度行ってみたら？」

「そうだな、考えてみるわ」

俺は口角を上げてから、辺りを見渡した。

「やっぱりガッサからすれば、こういう場所珍しいよね」

「だな。あとさ、化粧品売り場って大抵一階にある理由思い出して」

「え、そんな理由あるんだ。教えて教えて」

事前に調べていた甲斐があった。

緊張で会話が持たなかった時のために、今日行く場所の情報は広く浅く網羅している。

「一説によると、匂いが籠らないようにらしいよ。あと、一番目立つ場所に設置したら七野とか俺とかがそのモールに入るだろ？　上に行って買い物したらモール全体が潤うっていう、販促効果とか。まあ客寄せパンダみたいなもんだな」

「そうなんだ……さすがガッサ、色んなこと知ってるね」

「だろだろ⁉」

俺がブンブン腕を振ると、七野は「わっ」と驚いて、控えめに腕を押さえた。

……しまった、勉強が報われてテンションが上がりすぎた。

謝るか逡巡していると、七野は俺の腕から手を離し、後ろを向いた。

「今日の欲しいものはあれです。グロス」

冷めた反応をされるか怯えていたが、いつもの反応。

……それはそうだ、と俺は安堵する。

片想いになっているから過剰に心配してしまうだけで、元々今しがたのようなやり取りは時折あった。

多少の背伸びも必要かもしれないが、今まであったやり取りを無かったことにしなくてもいいだろう。

「ディオールのグロスお気に入りなんだ〜。タッチアップしてもらえたら色変えてみようと思ったけど、今日は安定の色にしよっと」

七野は目的のグロスに近付いていく。

とはいっても、何色も連なって置いてあるのでどれが目的の物かは分からない。

「やっぱ色とかに拘りあるの？」

「あるある。私唇の血色良くないから、グロス塗って血色良いんだよ〜って色にしたいの」

七野が手に取ろうとしたのは、薄ピンクのグロスだった。人気らしく、残り一つしか置いていない。

瞬間、違う人の手が伸びる。

惜しくも七野の手は空ぶって、隣の人に渡ってしまった。

「あっ、すみません」

背中まで伸びた長髪を綺麗なアッシュグレーに染めた女子大生らしき人が、七野へ申し訳なさそうに謝った。

タイミングが被ったのは偶然なので謝る必要もなかったと思うが、優しい人らしい。

七野も全く気にした様子を見せず、慌てたようにかぶりを振った。

「とんでもないです。どうぞどうぞっ」

「ほんとですか？」

女子大生らしき人は逡巡した後、こう提案してきた。

「私はまだ家に余りが残ってるので、良かったら貰ってくれませんか。さっきの会話聞こえちゃってて」

「えーっ」

七野は提案を受けたいが、見ず知らずの人から受け取るのが申し訳ないといった声色で反応した。

女性はそれを察したのか、俺に向かって笑いかけた。

「じゃ、彼氏さんに受け取ってもらいます。さっきの話、勉強になりましたし」

「ど、どうもありがとうございます」

俺がすぐにお礼を告げると、七野が驚いたように女性に訊いた。

「いいんですか？　ほんとに」

「はい。ふふ、何だか放っておけなくて」

そう言うと、アッシュグレーの長髪を靡（なび）かせる女性は違うブランドのコスメカウンターへ足を運んで行った。

見知らぬ俺たちへ商品を譲ってくれるなんて、心の余裕がある人だ。

「ガッサのおかげで譲ってもらえたよ。ありがとっ」

「いやいや、偶然だって」

そうは言いながらも、七野の嬉しそうな表情に、俺もまた浮き立つ気持ちになった。

予期せぬアシストに感謝しながら、俺は七野とカウンターへ向かった。

その後のデートも、我ながら上手くいった。

服や財布を買いに行ったり、カフェで休憩したり、クレープを食べたり。

ショッピングモールからの移動の際、通り掛かったゲームセンターでＵＦＯキャッチャーに挑戦したり。

歩くペースもしっかり合わせて、自然にリードできたと思う。

そして最後は夜ご飯。

予約をしていたのは、お昼に引き続き、真波がオススメしてくれたサイトに則り選んだお店だ。

ベタなお店から隠れ家的なお店まで幅広く網羅されていて、俺でも選びやすく、お店はすぐに決まった。

お店に連れていく際、七野は「ぼったくりの心配はないかな？」と笑いながらからかってきたが、裏を返せばある程度安心してくれている。

本当に心配なら、予約をしていると言った段階で不安げな仕草を見せるだろう。

お店はショッピングモールから閑静な住宅街を通り、十分ほど歩いた場所に構えられている。

レビューではかなり高評価だったので、俺自身も楽しみだった。

入店すると、イタリアンとＢＡＲが一体になったような内装。

円卓席で俺の正面に座った七野は、カクテルの豊富さに驚きながらも、少しずつ注文してくれた。

そしてお店に入って二時間後。

「ガッサお酒強いね～」

七野はけろりとした表情で、俺にそう言ってきた。

「別に強くはないけど、まだ三杯目だしな。七野も全然酔ってねーじゃん」

「酔いが回るほどは飲みたくないし。一、二杯が丁度良いのさ」

「そういうもんか」

「そういうもんでーす」

相手が七野じゃなかったら、今しがたの発言に寂しい気持ちを覚えるのかもしれない。

だが七野が『オーシャン』の飲み会ではその殆どの回をソフトドリンクで済ますのを知っているので、こうして目の前でお酒を飲んでくれるだけで嬉しくなってしまう。

決して邪（よこしま）な想（おも）いからではなく、信頼されているのが伝わるからだ。

「此処も良いお店だったよ。さすがだね」

店内を見渡した七野は、口元を緩める。

「そろそろ出よっか？」

「だな。二軒目行く？」

「んー、明日予定あるからやめとく」

七野はそう言って、席を立った。

結局以前聞いた予定は日曜日になったのか。

俺のためにキャンセルにならずに良かった。

七野の後に続いて、会計を済ませようとレジ前に立つ。

「俺が多──」

「割り勘がいいっ」

「く、おっけー」

どれくらいの割合で出そうか迷っていた俺は、内心安堵しながら了承した。


太陽が隠れた街は、不快な生暖かさを排除してくれていた。

……久しぶりに気持ちの良い夜だ。

最寄りの東桜丘駅へ降り立った俺と七野は、帰り道が途中まで同じ。

二人で夜風に吹かれながら、歩道橋を渡る。

車通りの少ない道路だったが、随分立派な規格だった。

不意に真ん中で立ち止まり、柵に肘を乗せる。

生い茂る木々の向こうに、小さくビルの山々が視認できた。

自然と都会を同時に感じられる夜景を、俺は暫く眺め続ける。

「ガッサ？」

振り返った七野は、途中まで俺が立ち止まっていたことに気付かなかったようだ。

トテトテこちらへ戻ってきて、隣で同じように景色を眺め始める。

……そんな一挙一動が愛おしい。

「なあ。今日、楽しかったか？」

「うん、良かったよ。色々してくれてたの、伝わってきた」

質問から若干ズレた回答だったが、嬉しいことに変わりはない。

俺は内心ガッツポーズを作った。

しかしその途端、胸にヒヤリとしたものを感じた。

悪寒だろうか。その正体を探ると、見つかった。

即ち、恐ろしい可能性だ。

「……七野って今彼氏いないよな？」

それは俺にとって盲点の事柄だった。

無論俺は、七野に彼氏がいないという確信があったからデートに誘った。だが実際に言葉で確認したのは随分前の話だ。時期を覚えていないから、もしかしたら一年ほど前かもしれない。

一般的には仲の良い女友達に彼氏ができたらすぐに察知できるのだろうが、七野との関係にそれは当て嵌(は)まらない。七野はこちらから訊(き)かなければ、自分の話をあまりしないから。

これで彼氏がいたら——

「いないよ」

こともなげに返事をされて、俺は胸を撫(な)で下ろす。

ヒヤリとしたのは気のせいだったようだ。

「だ、だよな。いたら今日来ないよな」

「そういうのよく分かんない。私、彼氏作ったことないし」

「えっ」

それは俺にとって衝撃的な発言だった。

衝撃を受けた原因は単純で、そういった問いを投げたことが無かったからだ。

訊かなかった理由は二つある。

今まで彼氏何人いた？　なんて下世話な質問は時折サークル員が七野にしていて、その都度七野は「内緒です」と躱していた。俺が同様の質問を七野にしなかったのは、そういった人種と差別化したかったから。

そしてもう一つは、高校時代に何人かと付き合っている噂が耳に入っていたからだ。実際高三の時に告白した直前も彼氏がいるという噂だったし、訊くまでもないと思っていた。

七野は目を瞬かせた後、苦笑いを浮かべた。

「あれ、引いた?」

「……いや、引くとかはないけど。初耳すぎて……ていうか高校時代付き合ってなかったか? そういう噂聞いたような」

「噂と私、どっち信じる?」

「七野」

即答すると、七野は頬を緩めた。

「それでこそ私の認めたガッサーだっ」

「俺認められてたんだ、すげー」

「こら、もうちょっと嬉しがれ!」

そうつっこんだ七野は、口元に弧を描く。

そしてまた夜景を眺め始めた。

端整な横顔が月明かりに照らされて綺麗だった。

正面から見るとあんなに可愛いのに、造形が整っているから綺麗にも映る。神様は七野にとんでもない容姿を与えたものだ。

人通りのない、歩道橋。

高層ビルからの眺めには敵わないかもしれないが、隣に七野優花がいる。

それだけで、目の前に広がる景観は何倍も煌びやかだ。

やっぱり俺は、七野が好きだ。

「にしても、お昼美味しかったなー。子持ち鮎のコンフィ？　だっけ、あれ家でも作れたらいいなぁ。健康にも良さそうだし」

七野は俺と同じように柵へ上体を預けた。

同じ挙動に内心嬉しくなりながら、俺は口を開く。

「まじ？　結構手間かかりそうな料理だった気がするけど」

「だと思う。きっと手間の掛かった料理だよ。だから好きだな、私は。ガッサはどう？　ステーキがどーんって感じだったよね」

「あー、あれ食材で勝負してる感じが好きなんだよな。ステーキゴリ押し、ばっちこい！」

ステーキなんて、食材が良ければ少量のたれでも美味しくいただける。将来は一万円以上するステーキも食べてみたいと思っている。

「そうなんだ。私は、料理人さんの手間の掛かってる方が好き。そっちの方が、価値が高いって信じたい」

　七野は空を見上げて、言葉を続けた。

「食材を前面に出して勝負できるメニューと、その何倍も手間を掛けて、やっと勝負の舞台に立てるメニュー。どちらも同じメニュー表に載ってるから、価値の違いなんて普段は考えないけどさ」

　表情は見えないが、言葉を挟んではいけない気がした。

「どうしても、値段っていう価値で視覚化されちゃうんだよね。だから後者が安い時、食べ物の気持ちを考えると私は辛くなっちゃう」

　七野が発する声は、聞いたことのない色を帯びていた。

　憂い、哀しみ、怒り、そのどれかは判らないし、どれでもないかもしれない。

　でも、きっと初めて聞いた声色だ。

　気のせいだろうか？

「ガッサはさ、どっちが好きなの？」

　――簡単には答えてはいけない。

　そんな直感が全身を巡った。

　気付けば夜風は止んでいて、蒸し暑い空気が戻ってきている。

　額にじわじわ汗が浮かんでいくのを感じ取りながら、俺は口を開く。

しかし、先に言葉を発したのは七野だった。

「なーんてね。驚いた？」

「驚くっていうか、何というか」

今の七野は、きっと何かを食べ物に例えていた。

その何かは見当もつかないが、今しがたのような会話はこれまでの付き合いで初めての経験だ。

今日の初デートで垣間見えた新しい一面。

壁を壊すにはもっと時間が掛かると踏んでいたけれど、嬉しい収穫だった。

「ね、衣笠。聞いてくれる？」

「おう」

七野は口角をニコッと上げて、俺に向き直った。

俺も柵から離れて、七野と対面する。

身長差で見下ろす形になっているが、必然的に七野が上目遣いになるのに鑑みれば、男としてはありがたい構図だ。

「衣笠創！」

「は、はい！」

背筋を伸ばす。

まさか、まさか。

「こんな私を好いてくれる人がいるのは、素直に嬉しいんだ」

うんうん。

「でもね、私は彼氏要らないの。これ、衣笠には言ってたよね？」

うんうん？

「それを踏まえてもデートに誘ってくれたのは嬉しい。これ、自分でも意外だったこと」

風向きが怪しい。

待ってくれ。待ってくれと言いたい。

確かにその雰囲気を醸し出してしまったのは悪かった。ちょっとばかり早すぎた。

だからって——

「でもやっぱり、私ダメだな」

空気が冷えた。

夏だというのに、世界から温度が消え去った。

先程感じた蒸し暑さなんて、見る影もない。

「今日の君はその他大勢に見えちゃった。恋愛になると……私の中の君が、君じゃなくなる」

「な……泣いていいか？」

精一杯、明るい声を出した。

ここで流れに任せていたら、きっと良くない。何が良くないかなんて、分からない。

七野はそんな俺の様子に、目をパチクリさせた。

「やっぱり衣笠って変だね。私があんなに思わせぶりな態度取ってたのに、怒らないの？」

「そ――それが七野だろ。七野にそんな気がないのは分かってる。俺が勝手に惚れただけだ」

俺は醜くも、瞬時に今後のことを考えていた。

息もできないくらい胸が苦しいのに、頭はクリアで冷静だった。

明確に振られたら今後七野との関係が切れる。それは嫌。だから繋ぎ止める。

「私、別に一人でもいいの。衣笠は気まずいだろうから、私サークルにも行かないし、勿論このことは誰にも言わない。だから――衣笠、私から逃げた方がいいよ？　人を苦しめる人なんて、ロクなものじゃないよ」

「今まで通りで――今まで通りがいい」

「思わせぶりな態度も、今まで通りがいいの？」

「それが七野だろ。高校時代から、七野は俺に対してそうだった。だから、わざわざ変える必要なんてない」

「変えなくてこうなってるのに？」

七野は平らな返事をして、視線を落とした。

……俺はまだ、告白していない。

告白すらさせてもらえなかった。

だからこそ残っている道がある。

「俺たち、友達継続だ」

「……いいの？　それって私に都合良すぎない？」

「俺にとっても都合が良い。だから……今日のことは忘れてくれ」

「……忘れないよ。気持ちは嬉しかったから」

返事をしようとしたら、目頭が熱くなっているのを自覚した。

これを見せたら、きっと明日から気まずくなる。俺は今まで、七野にこんな感情の機微を見せたことがない。

俺は七野から柵の方向へ向き直って、夜景に視線を飛ばした。

あれ程煌びやかに思えた夜景は、冷静に眺めるとただの建物の集合体だった。

「嬉しかったのは、ほんとだよ」

七野はそう言い残して、歩道橋から降りて行った。

足音が遠ざかっていく。

二人しかいない空間だったから、いつまで経っても足音は聞こえた。

俺はおもむろに踵(きびす)を返して、七野の後ろ姿へ視線を投げた。

七野の背中が、もうすぐ曲がり角へ消えゆくところだった。

あそこを曲がると、もう戻ってきてくれない気がする。

それでも、呼び止める言葉は思い浮かばない。

俺は先に帰る七野を、ただ見送るしかない。

だって俺は、振られたから。

時折あった冗談ではなく、明確な拒絶をされたから。

七野の姿が、視界から消えた。

夜風で揺らめく木々の緑葉が、俺を嗤(わら)うようにさざめいていた。

第10話　対価

家に帰った俺は迷った挙句、真波（まなみ）に連絡することにした。
返信を求めている訳ではない。
ただ、思いの外早く出た結果だけは知らせるのが筋だと思った。
俺が振られたことで、真波の言い分は既に考慮する必要が無くなっている。
俺が誰に連絡しようが、もう誰も何も思わない。
『ふつーにフラれたわ』
送信。
普通にフラれたってなんだよ、と自分でつっこみ、自嘲気味な笑みを浮かべる。
二回振られるなんて、痛いな。
俺は一体何を勘違いしてたんだろう。
七野優花（しちのゆうか）は、俺の出た高校で誰もが知るマドンナだ。
そんな存在と大した取り柄のない俺が、どうして付き合えると思ってしまったのか。

真波と偽の恋人関係を結んだから、自分を同格だと思ったか。

梨奈先輩と飲み会のノリで付き合わされて、自分を同格だと思ったか。

七野と日常的に二人で行動するようになったのだって、偶然新歓に居合わせてからのことだ。

全部全部が誰かの気まぐれなのに、どうして自分に七野優花と付き合う魅力があると思った。

「……だっさ」

こんなマイナス思考に囚われるなんて、くそダサい。

何が格だ。馬鹿か俺。

その時、スマホが鳴った。

画面を確認すると相手は――

『真波　‥　大丈夫？』

……真波。

真波も二大マドンナと評されるくらい、沢山誰かに告白された。そしてその度、誰かを振った。

あれだけ真波と一緒にいたから、日頃からモテる人がどんな気持ちで相手を振るかが解(わか)る。

だから、七野に申し訳ない。

先程は自分の気持ちが先行したが、きっと七野も辛(つら)かったはずだ。

だけどやっぱり、俺も辛い。

好きな人から拒絶されたのは、どうしようもなく辛い。

……早く切り替えたい。

寝て起きたら、この陰鬱な気持ちは晴れているだろうか。

酔いはすっかり冷め切って、冷房の行き届いた部屋は少し寒くなっている。

時計に目をやると、まだ夜の二十二時を過ぎたところだった。

……道理で眠気がない訳だ。

俺は何とか気分転換しようとスマホを手に取って、真波に返信した。

『大丈夫じゃない』

——さっきフラれたばっかだからな。笑

そう付けたそうとしたが、思い留(とど)まった。

今、無理して元気そうにしたって何になる。

そのまま送信すると、俺はベッドに身を投げた。

これで明日、元気になったと報告する方が痛々しくないだろう。

天井を眺めながらそう思案していたのだが、いつの間か頭は空っぽになっていた。

思考が天井に吸われているに違いない。

……何だか、全てがどうでもいい。

あれだけ彼女が欲しかったのに、どうでもよかった。

チャットアプリで顔も知らないMさんに胸を高鳴らせていた頃が既に懐かしい。

あの時はただ寂しかった。

彼女がいないというのは、自分の理解者という枠が埋まっていないのと同義だと思った。

とはいえ、あのアプリで彼女を作ろうとした訳じゃない。

相手を選ばず本気で彼女を作ろうとするのなら、合コンやマッチングアプリがある。

俺はただ日常を彩ってくれる存在だけが欲しくて、寂しさを紛らわすためにチャットアプリを始めたのだ。

そこでマッチした、自分の話を聞いてくれる新鮮な存在。

あの時の俺は、ある種満たされていた。

結局彼女が欲しいという欲求に負けて、Mさんと対面し、その漠然とした欲求はすぐ消えた。

曖昧だった選択肢が柚木(ゆずき)真波という鮮烈な存在になり、俺はすぐ傍(そば)にあったもう一つの存在を改めて認識したのだ。

二大マドンナの一人、七野優花。

一度再燃したら、それまでの漠然とした欲求なんて何処かへ吹き飛んだ。

本物を知ってしまうとどれもこれもが霞んでしまう。

暫くは七野優花という本物に、彼女がほしいなんて思考は掻き消されてしまうのだろう。

高校時代の時は受験勉強に逃げられたけど、今度は何に逃げればいい。

この悶々とした気持ちを抱えながら、日常生活を過ごしていくのか。……想像するだけでしんどいな。

――その時だった。

ピンポーン、というチャイムが部屋に響く。

時計に視線を飛ばすと、二十二時五十分。

常識的にチャイムが鳴らされる時間ではない。

何かあっても嫌だからと、俺はおもむろにベッドから腰を上げて玄関まで歩く。

そして覗き穴で外を見ると、予想外の人物。

――廊下に、真波が立っていた。

ドアを開けて、対峙した。

「……何やってんだお前。からかいに来たのか？」

自分の第一声に辟易する。

しかし、真波はこともなげに返事をした。

「まさか。用ならあるわよ」

「なんだよ」

「その前に、私に言うことは？」

真波は凛とした声で、俺に訊いた。

直接言えと、そういうことだろうか。

思い返せば、真波が恋愛指南をすると言い出したのは俺が七野に振られた事実を伝えてからだ。

二度目、それにこんなにも早く振られたとあって、真波はカンカンなのかもしれない。

「……おう。……まぁ、なんだ。……振られたわ」

改めて口に出すと、また胸が痛んだ。

でも、さっきよりマシだった。

きっと目の前に真波がいるから、脳みその処理が追いついていないのだ。

真波はゆっくり頷いて、口を開いた。

「うん。安っぽい慰めしていい？　元気出るかも」

俺は目を瞬かせた。

怒られると思いきや、慰めてくれるらしい。

……まあ、真波がそこまで鬼じゃないのは解っていたけれど。

「ああ、元気をくれ。この処置ミスったら、引きずる時間が長引くぞ」

「うわ、それはプレッシャー」

真波は困ったように笑った。

そして顎に手を当てて、口を開いた。

「七野さんはきっと特別難易度が高い。だからアンタが振られるのはある意味当然よ」

「あれ？　今俺トドメ刺されてる？」

そう答えながらも、俺は少しばかり感謝した。

女の子なんて他にも沢山いるよ。魅力が伝わらなかっただけだよ。

……そんな言葉、俺は要らない。

真波もそれを解っての、今の言葉だ。

これで陰鬱な気持ちが晴れるかと問われたら、否だけど。

「で、用は？」

用件を済ませて、早く帰ってほしい。

今の俺には、もう少し一人の時間が必要だ。

「多分、本棚の一段目にリップが置いてあるわ」

「……待っててくれ」

俺はそう言って、本棚まで移動する。

真波の言った通り、本棚の一段目に洒落たリップが縦に置いてあった。『Garden』で真波が眺めていた物だ。こうして部屋に置いてあると圧倒的な違和感を覚えさせるが、昨日の今日で気が付くのは難しかっただろう。

七野の件で、あれだけ緊張していたのだし。

「あったでしょ？」

後ろから声がして、驚いて振り返った。

「……アホかお前。男の部屋に、女がズカズカ入って」

「心配して来たのに、なによそれ」

「じゃあ忘れ物関係ねえじゃねーか」

「あはは、確かに」

真波はあっけらかんと笑って、あろうことか鞄を置いた。

リップを取りに来ただけなら、鞄なんて置く必要はない。

「……なあ」

「ん？　お腹減った？」

「……食ってきたばっかだよ。気遣ってんのか？」

「うん、気遣ってる」

「否定しないのかよ」

息を吐いて、俺はリップを手渡した。

真波は短く「ありがと」とお礼を言って、リップをポケットの中にしまう。

それから真波は、その場で佇んだ。

部屋には時計の針が進む音だけが響く。

俺も数秒間佇んで、ようやく口を開いた。

「……今、夜だぞ？　もうすぐ二十三時だ。昼とは訳が違う。しかも俺は今傷心中だ」

「そうね。聞いてるだけでも、すごい状況」

呑気な返事をする真波に、俺は苛立った。

真波は自分の状況を判っているのか。

今の俺は、言葉をオブラートに包む余裕がないというのに。

「帰れよ。襲われないうちに、帰れ」

「襲ったら、アンタどうなるの？」

「お前は嫌な想いをして、俺はその事実が漏れたら社会的に死ぬ」

「私の気持ちはおいといて。私、外に漏らさないいし」

……いい加減にしてほしい。

真波は俺が男であることを忘れているのだろうか。かつて偽物の恋人関係だった時に手を出さなかったから、今も絶対に安全だと信じているのだろうか。

「……言っとくけどな。男の性欲は別物だ。振られた直後でも、関係ねーぞ」

「アンタは、それで元気出るの？」

俺の中の何かが、プッリと切れた。

真波の手を引いて、移動する。

数秒で辿り着いた先には——ベッドだ。

真波が身体を硬くしたのが分かったが、俺は構わずベッドに押した。

男の力であっさり真波はベッドに仰向けになって、俺はその上に覆い被さった。

真波の顔が至近距離に見える。

透き通るような白い肌。

外では瑞々しく感じる肌も、部屋の中では扇情的で欲求を昂らせてくる。

仰向けになった拍子なのか、胸元からは下着の一部が露わになっていた。

服越しにも分かる豊かな膨らみが、男の本能を掻き立てる。

「…………お前、本気か」

「……さあね。試してみたら」

——試してみたら。

真波は今、そう言ったか。

息が上がる。

俺は——真波の服に手をかけた。

裾を摑み、少しずつ、少しずつ捲っていく。

腰が見えた。普段見ることのない場所だ。

脇が見えた。普段見ることのない場所だ。

臍が見えた。普段——見ることのない場所だ。

下着の下部が見えた。黒色のザラ付いた質感に、白のレースが真ん中から上に向かって引かれている。

その奥には——白い肌が、なだらかな双丘を象っている。

「電気、消して？」

真波は口元を緩めて——瞼を閉じた。

心の臓が、痛いほど胸を打ち付ける。

繰り返し、繰り返し打ち付けてくる。

服を摑み直して、俺は手に力を込めた。

これを捲れば——もう、きっと止められない。
真波がギュッと、瞼に力を入れた気がした。
浅い息を何度も吐いて、俺は下唇を嚙み締めた。強く——強く、嚙み締めた。
心臓の痛みと、唇の痛み。
真波の身体から伝わる、微かな震え。
「…………無し!!」

そう叫んだ。
無自覚に、大声で。
俺は弾かれるように真波から離れて、盛大に息を吸った。
そして床に四つん這いになり、大きく息を吐く。
久しぶりの、まともな呼吸。
本当に久しぶりな気がした。
それからは浅い呼吸が再開して、心臓の早鐘も次第になりを潜めていく。
背中に気配を感じた。
振り返ると、上体を起こした真波が、はだけた服を直している。
目が合うと、真波の頰は僅かに紅潮していた。
「いくじなし」

「……なんとでも言え」

「こんなチャンス二度とないかもしれないわよ？」

「こんな童貞の捨て方はごめんだ。そのことに気が付いた」

真波は目をパチクリさせた。

そして、遠慮なく吹き出した。

「あはは。確かに振られた直後に流されるのは、男の沽券にかかわるかもね」

「そういうことだ」

俺は溜息を吐いて、思わず天井を仰ぐように見上げた。

……何だかドッと疲れた。

これ程一気に体力を削られるなんて思わなかった。世の中の男たちは、こんな瞬間を乗り越えてきたのだろうか。

そんなことを考えていると、真波はグッと腕を伸ばして、明るい声を出した。

「あーあ、ほんとに脱がされるかと思った。焦ったー！」

「ほ、ほんとに誘ってきたのはお前だろうが！」

思わず抗議すると、真波は「違うわよ」と肩を竦めた。

「さっきの私の言動はね、アンタは手を出さないって踏んでのものよ。それなのにほんとに襲われそうになって、私ほんとにどうしようかと。また蹴り上げるところだった」

「またって――」

　訊こうとして、思い出した。

　高校時代、最初に真波と話した屋上で俺は股間を蹴り上げられて悶絶しそうになった。

「……危なかった。俺の子供が救われた」

「良かったわね。多少粘ってあげないと効果ないからずっと耐えてたけど、最後あたりは紙一重だった。あとコンマ数秒」

「コンマ⁉　危な‼」

　心底安堵した後、今しがたの発言に引っ掛かりを覚えた。

「効果って言ったか？　何のだよ」

　俺の質問に、真波は頬を緩めた。

　紅潮していた頬は、少しずつ元の白さに戻ってきている。

「……好きな人から振られるって、強烈よね。だから、思い出塗り替えてあげようと思って」

　塗り替える。

　俺が七野に振られたという強烈な思い出。これを、真波と一線を越えそうになるという思い出に塗り替えようとしたのか。

「め……めちゃくちゃか！　そのために誘ったのか⁉」

「そうよ。押し倒されるくらいで止めたら、効果薄いだろうし。実際アンタが押す力弱くて、自分からベッドに行ったくらいだしね」

真波はベッドから立ち上がって、俺の隣に座り込んだ。

また距離は近くなったが、先程のような扇情的な面持ちではない。

「で、どうだった？」

「え？」

「ちょっとは傷心、塗り替えられた？」

底抜けに明るい声色だった。

俺は想起する。

先程離れる直前、真波の身体は確かに震えていた。

そんな想いをしてまで、全力で励まそうとしてくれた。

「……どうしてここまでしてくれる」

それを訊いても、真波は優しげに笑うだけだった。

「……ありがとう。かなり、塗り替えられたよ」

勿論(もちろん)、全てが塗り替わった訳じゃない。

七野優花に再燃した時間は短くとも、数年燻(くすぶ)り続けていた想いは本物だった。

だが――確かに真波の行動以降、胸の痛みは随分マシになっている。

「ふふ、処置成功？」

「ああ、おかげさまで。長引くことはなさそうだ」

実際のところは判らない。だが、そう言葉にできるくらいには回復した。

真波は満足げに頷いた後、服の襟を摘んでパタパタと扇いだ。

ふわりとした女性の香りが鼻腔をくすぐる。

俺は傍に転がっていたリモコンを拾い、冷房の温度を一度下げた。

「ま、暫く気楽に過ごしなさいよ。私との縁が復活するんだから、なにも悪いことばかりでもないでしょ」

「え？」

俺が連絡したのは、あくまで結果報告という目的。七野に振られたからこそ取れた行動だ。

しかしその際、真波との関係が継続するかどうかは全く頭に過らなかった。

そんな思考が表情で判ったのだろうか、真波は答えた。

「もうアンタに会わないって言ったのは、七野さんをまさに口説きにいくタイミングだったからよ。分かってるでしょ？」

「それは……分かってる。でも、いいのかよ。ぼったくりの時の対価はもう無いんだろ」

「ええ。確かに私は、再会してからの借りは返したわ。あくまで恋愛のプロデュースをするっていうのが対価だったしね」

「だろ。それなのに、これからも関係継続でいいのか。あんな……直前までいったのに」

「私が誘導したんだもん。役に立たなかったお詫びもかねてるし、あれはチャラ」

真波は肌が露わになっていないかを案じたのか、服の裾を摘んで皺を伸ばした。

俺がその仕草から目を離さずにいると、真波は口元を緩める。

「変態。後悔してるんでしょ」

「し、してねーよ！」

「どうだか。ま、アンタが手を出さなかったのは正解よ？」

「正解って……どういう意味だ」

訊くと、真波は口角をキュッと上げた。

あの時と同じ。

俺に〝恋愛のプロデュースをしてあげる〟と言ってきた時と、同じ表情だ。

「お陰で私は、今からアンタに高校時代の約束を果たせるわ。前に言ったでしょ？　こっちの対価は残しとくってさ」

――高校時代の約束。

俺と真波が結んだ、偽の恋人関係。真波からの一方的な提案を呑んだ末にあるはずだった青い日の残滓が、言葉となって紡がれる。

「アンタが彼女欲しくなるまで、私が一緒にいてあげる。私の時間を、アンタにあげるわ」

それは、俺にとってどんな言葉よりも優秀な慰めだった。

どうやら俺は、真波が去って寂しかったらしい。

「関係継続っていうのは、そういう理由ね。アンタが振られた時のために取っておいたの、これ」

「成就を願ってるんじゃなかったんかい」

「可能性を考慮してのことよ。アンタが振られた時に、私がいれば多少励みになるでしょうし」

自分という存在が、傷心の男への慰めになるという思考回路。

真波らしくて、思わず笑ってしまう。

「な、なによ。やっぱりアンタにはこういうの効かない訳？」

「いや、嬉しいよ。ははっ」

前向きになれたのは事実だから、今日の俺は真波に何も言い返せない。

「もう……」

真波はむくれる。

そして一つ息を吐いてから、立ち上がった。

俺もそれに倣って腰を上げる。

二人で玄関まで歩を進めて外へ出る。

生暖かい風が吹き込んだが、今は不思議と心地良かった。

「駅まで送るわ」

「要らない」

真波は小さく笑って、鞄を持ち直した。黒い革に装飾の施されたそれは、街灯を反射して華やかな光沢を出している。

「……ほんとか？」

「ええ、大通りまですぐだし。じゃ、行くね」

「そうか。……今日はありがとな」

「ふふ。さすが私ってことで」

そう言って、真波は廊下を歩き始めた。

２０４号室の角部屋から階段までは十秒ほど掛かる。

しかし、真波はすぐに停止して振り返った。

「胸、成長してたでしょ」

「うっせ、早く行け！」

真波はクスクス笑って、今度こそ階段から降りて行った。

住宅街を歩く真波の背中が遠のいていく。

最後まで見送ろうとしていたが、桜の木ですぐに姿は隠れてしまった。

緑葉を湛えた桜の木だ。

一時間前にはモノクロだった景色が、いつの間にか色彩を帯びている。

空から降り注ぐ月明かりの影響か。

——それとも。

俺は小さく笑って、部屋へ戻る。

これから始まる新しい日常に、想いを馳せながら。

エピローグ

茜空に赤とんぼが旋回している。

捕まえられるかな。

そう思って手を伸ばしたけれど、あっけなく躱された。

何度か繰り返しても、結果は変わらない。

校舎外に設置されている避難階段、その最上段。

此処まで来てくれた赤とんぼは私に嫌気が差したのか、手の届かない高さまで舞い上がってしまった。

「柚木さん」

名前を呼ばれて、私はおもむろに振り向いた。

高校二年生の秋になっても一度も喋ったことのない女子が、私の後ろに立っている。

でも、相手の名前は知っていた。

お互いふざけたあだ名を付けられている、いわば同志だ。

「七野さん。どうしたの？」

先程の挙動を見られていたかと思うと、少し気まずい。

ただ興味本位で手を伸ばしていただけなのに、とんぼ好きだと勘違いされたらどうしよう。

でも七野さんは気にした様子もなく、私の隣に立った。

胸元の高さまである塀が二方を囲っているこの場所は、女子二人で満員だ。

「ここ、お気に入りだよね。たまに柚木さんがいるところ見かけてたんだ」

「え、恥ずかしい。……あとさっき、私とんぼ捕まえようなんてしてないからね」

「とんぼ？」

七野さんは目を瞬かせた。

私の挙動をさして気に留めていなかったらしい。完全に藪蛇だった。

「ごめん、なんにもない」

「そっか」

七野さんは短く答えて、避難階段からの景色を眺め始めた。景色といっても四階だから、校庭や住宅街しか見えない。

それでも七野さんは暫く校庭を眺め続けた。

……困らせちゃったかな。

何となく七野さんとは喋りづらい。それは周りが勝手に二大マドンナと評して、何かと争わせようとするからだ。

そのことについて、七野さんはどう感じているのだろう。

せっかくだし、訊いてみようか。

「柚木さん、彼氏作ったんだって？」

「あ、まあね」

一歩先に質問されて、中途半端な返事になった。

「どんな人なの？」

「どんなって……普通の人かな」

それしか言えない。

運動部のエースだとか、学年テストで一位だとか、クラスの中心人物だとか、生徒会役員だとか、そういった特別な要素は何もない、本当に普通の男子。

強いて特別なところを挙げるなら、私に靡かないことくらい。

彼氏が靡かないって本来意味が分からない話だけど、私たちの関係はそれで良い。

「普通の人なんだ。柚木さんが付き合ってるって聞いたから、凄い人かと」

「もうすぐ半年になるけど、良い人だよ。面白いしね」

「あ、もうそんなに経つんだ。私の耳遅いなー」

七野さんは笑って、また黙った。

「なんで付き合おうと思ったの？」

ちょっとだけ戸惑う。質問の意図が分からなかったから。

七野さんは私の反応をどう解釈したのか、再度言葉を紡いだ。

「ごめんね、質問替える。……その人と付き合って、幸せ？」

先程よりも静かな声色。小さな問いかけだった。

普段なら適当に答えかねない質問だけど、今だけは本音で答えたかった。

理由は分からない。七野さんの独特な雰囲気が、私にそうさせたのかもしれない。

——自分の胸に問い掛ける。

私はあの人と付き合って幸せなんだろうか。そんなこと、今まで全然意識していなかった。

胸に手を当てて、数秒。

——トクン。

……そうなんだ。

「うん。結構幸せかな」

そう答えた時、橙色(だいだいいろ)の陽光が私たちを照らす。

秋にしては暖かな風が吹いて、私の体温が少し上がった。

あとがき

本作からの読者様は、初めまして。

既刊からの読者様は、こんにちは。

作者の御宮ゆうと申します。

この度は本作を手に取っていただき、誠にありがとうございます。

本作は私が作家デビューしてから二作目、そして初めての書き下ろし作品になります。

実はこの作品を企画した当初、マッチングアプリを主軸において執筆していくつもりでした。

しかしプロットを組んでいくうちに「元カノに恋路を応援してもらう要素を主軸に置いた方が好き！」という作者の個人的な判断により、プロットを変更。主人公からヒロインへアタックする構図を描きたかったのでそこは残し、執筆に取り掛かりました。

こうした経緯で出来上がった本作ですが、肝心の物語はいかがでしたでしょうか。

本作は著者既刊と同じく大学生ラブコメになっています。高校が舞台の作品には無い、大学生ならではの雰囲気を伝えられていれば幸いです。

ヒロインは柚木真波、七野優花、宮下梨奈の三人。

誰か一人でも皆様の琴線に触れていれば作者冥利に尽きます。

三人とも異なるタイプになっているので、続刊が叶えば沢山掘り下げていけたらなと思います。

一巻では書き切れなかったエピソードが山ほどあるので、二巻刊行のために沢山の人へオススメしていただけると幸いです！

そして本作を気に入っていただけた方は、ぜひ拙著『カノジョに浮気されていた俺が、小悪魔な後輩に懐かれています』も手に取ってみてください。同じ大学生ラブコメという点に加えて、本作とはまた異なるタイプのヒロインたちがいるので楽しめるかと！

なんと本作は、上記シリーズ第六巻と同日発売。色々調整してくださった編集K様には頭が上がりません。

最近は以前と比べて大学生ラブコメが増えた気がしますし、本作も盛り上げたいですね。

ここからは謝辞になります。

担当編集K様。デビュー作に引き続き、本作もお世話になりました。K様のもとで書き下ろし作品を発売できたのが何より嬉しいです。これからも宜しくお願い致します。

イラストレーターRe岳様。素晴らしいイラストの数々、ありがとうございます。表情スタイル、どれをとっても目の保養。そして服装！　大学生ラブコメは服装からキャラの特徴が出るので拘りたい部分だったのですが、もうキャラデザ初期段階から完成されていました。二巻刊行が叶った際は、ぜひまた宜しくお願い致します。

校閲担当者様。誤字誤用以外にも時系列やその他諸々（もろもろ）、ご指摘の全てがありがたいです。あれだけ読み直しても湧いてくる誤字は何なんでしょう……。

そして最後に読者の皆様。こうしてお買い上げいただいている皆様のお力添えで、初めて本作が書籍として成り立っています。本当にありがとうございます。

それでは、皆様とまた二巻目でお会いできることを祈りながら、このあとがきを締めさせていただきます。

皆様に更に楽しんでいただけるよう、日々精進を重ねる所存です。

七回目のあとがき、上手（うま）く書けたかな。

御宮　ゆう

この恋(こい)は元(もと)カノの提供(ていきよう)でお送(おく)りします。

著　御宮(おみや)ゆう

角川スニーカー文庫　23168

2022年5月1日　初版発行

発行者　青柳昌行

発　行　株式会社KADOKAWA
〒102-8177 東京都千代田区富士見2-13-3
電話　0570-002-301（ナビダイヤル）

印刷所　株式会社暁印刷
製本所　本間製本株式会社

◇◇◇

Printed in Japan　ISBN 978-4-04-112302-7　C0193

★ご意見、ご感想をお送りください★

〒102-8177 東京都千代田区富士見 2-13-3
株式会社KADOKAWA　角川スニーカー文庫編集部気付
「御宮ゆう」先生
「Re岳」先生

角川文庫発刊に際して

角　川　源　義

第二次世界大戦の敗北は、軍事力の敗北であった以上に、私たちの若い文化力の敗退であった。私たちの文化が戦争に対して如何に無力であり、単なるあだ花に過ぎなかったかを、私たちは身を以て体験し痛感した。西洋近代文化の摂取にとって、明治以後八十年の歳月は決して短かすぎたとは言えない。にもかかわらず、近代文化の伝統を確立し、自由な批判と柔軟な良識に富む文化層として自らを形成することに私たちは失敗して来た。そしてこれは、各層への文化の普及滲透を任務とする出版人の責任でもあった。

一九四五年以来、私たちは再び振出しに戻り、第一歩から踏み出すことを余儀なくされた。これは大きな不幸ではあるが、反面、これまでの混沌・未熟・歪曲の中にあった我が国の文化に秩序と確たる基礎を齎らすためには絶好の機会でもある。角川書店は、このような祖国の文化的危機にあたり、微力をも顧みず再建の礎石たるべき抱負と決意とをもって出発したが、ここに創立以来の念願を果すべく角川文庫を発刊する。これまで刊行されたあらゆる全集叢書文庫類の長所と短所とを検討し、古今東西の不朽の典籍を、良心的編集のもとに、廉価に、そして書架にふさわしい美本として、多くのひとびとに提供しようとする。しかし私たちは徒らに百科全書的な知識のジレッタントを作ることを目的とせず、あくまで祖国の文化に秩序と再建への道を示し、この文庫を角川書店の栄ある事業として、今後永久に継続発展せしめ、学芸と教養との殿堂として大成せんことを期したい。多くの読書子の愛情ある忠言と支持とによって、この希望と抱負とを完遂せしめられんことを願う。

一九四九年五月三日

継母の連れ子が元カノだった
Mamahaha
Tsurego
Moto kano
「昔の恋が終わってくれない」
紙城境介
イラスト／たかやKi
好評発売中!
実はまだ好き同士な元カップルが親の再婚できょうだいに!?
第3回カクヨムWeb小説コンテスト《大賞》ラブコメ部門
「僕が兄に決まってるだろ」「私が姉に決まってるでしょ?」親の再婚相手の連れ子が、別れたばかりの元恋人だった!? “きょうだい”として暮らす二人の、甘くて焦れったい悶絶ラブコメ――ここにお披露目!
スニーカー文庫

飛び降りようとしている
女子高生を助けたら
どうなるのか？
岸馬きらく
イラスト／黒なまこ
キャラクター原案・漫画／らたん
失意の底に落ちた少女との、
幸せな同居生活が
はじまる――
特設サイトは
こちら!
スニーカー文庫

時々ボソッと
ロシア語でデレる隣のアーリャさん

Милашка❤

燦々SUN
イラスト ももこ
story by sun sun sun
illustration by momoco

ただし、彼女は俺が
ロシア語わかる
ことを知らない。

特設
サイトは
▼こちら!▼

スニーカー文庫

お見合いしたくなかったので、無理難題な条件をつけたら同級生が来た件について

桜木桜
イラスト
clear

story by sakuragisakura
illustration by clear

わたしと嘘の"婚約"をしませんか?

嘘から始まるピュアラブコメ、開幕。

お見合い話を持ってくる祖父に無理難題をつきつけた高校生・高瀬川由弦。数日後、お見合いの場にいたのは同級生の雪城愛理沙!? お見合い話にうんざりしていた二人は、お互いのために、嘘の『婚約』を交わすことになるのだが……。

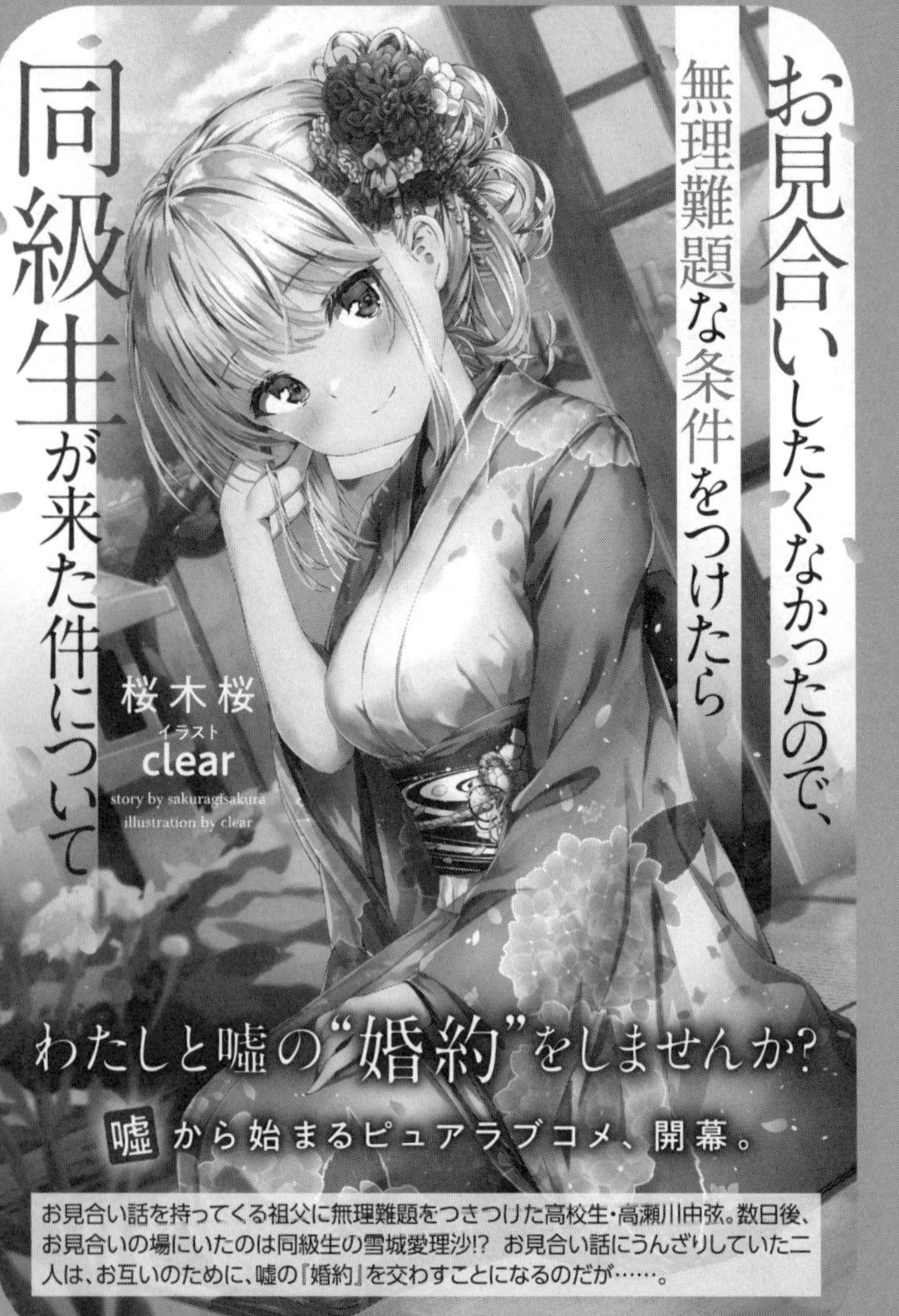

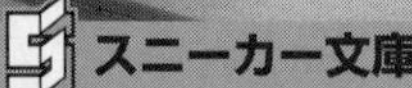

スニーカー文庫

転校先の清楚可憐な美少女が、
昔男子と思って一緒に遊んだ幼馴染だった件
Hibariyu
雲雀湯
illust
シソ
重版続々!!
元"男友達"な幼馴染と紡ぐ、
大人気青春ラブコメディ開幕!
作品特設サイト
公式Twitter
7年前、一番仲良しの男友達と、ずっと友達でいると約束した。高校生になって再会した親友は……まさかの学校一の清楚可憐な美少女!? なのに俺の前でだけ昔のノリだなんて……最高の「友達」ラブコメ!
スニーカー文庫